KB105483

아무튼, 당근마켓

아무튼, 당근마켓

이훤

위고

차례

거래의 현장

그 사람은 자몽색 등산 조끼를 입고 흙이 하나도 묻지 않은 등산 신발을 신은 채 성신여대입구역 5번 출구 앞에 서 있다. 누가 봐도 거사를 앞둔 사람의 표정을 하고.

"혹시?"

"아, 네…."

나 역시 긴장을 한 채 뻣뻣하게 고개를 한 번 끄덕인다.

"그럼…."

경직되면 뚝딱거리는 나는 느리게 움직이다가 갑자기 너무 빠르게 움직일 때가 있다. 카트리지가 튄 턴테이블과 그것의 연주처럼. 국제 회담의 시계들처럼.

가방을 부자연스러울 만큼 신속히 앞으로 휙 고쳐 멘다. 손을 찔러 넣어 급히 물건을 찾는다. 그리고 그에게 건넨다. 중고 아이폰이다.

"찬찬히 살펴보시죠."

버튼을 눌러보고 모서리와 카메라의 흠집을 살피고 시스템에 들어가 꼼꼼히 여러 옵션을 껐다 켠다. 그는 타인이 사용하던 아이폰을 점검하는 일에 능숙해 보인다.

"괜찮네요."

등산 가방에서 그는 길고 흰 편지 봉투를 꺼낸다. 신사임당이 그려진 화폐가 열두 장 들어 있다. 어딜 가든 카드 두 장만 들고 다니는 나는 당황하며 꽤 무게 있는 봉투를 받아 든다. 현찰이 이렇게 무거운 거였나, 내가 딴생각을 하는 사이에 그는

"자, 그럼."

하고 축지법의 한 종류를 쓰는 것이 틀림없는 속도로 지하철역 계단 밑으로 순식간에 사라진다.

무슨 일이 일어났던 거지. 잠시 그 자리에 가만히 서 있다. 별일 아니다. 물건과 화폐의 성공적인 교환이 있었을 뿐.

왜인지 안도되었다.

나의 첫 중고 거래 현장이었다.

우리는 그렇게 만날 수도 있다

쓰던 것이든 새것이든 나는 물건을 좋아한다. 꼭 필요한 구매만 하는 것도 좋지만, 아름다운 물건을 눈여겨보았다가 큰맘 먹고 들여 애지중지 쓰는 쾌감도 좋다.

다섯 살 때였다.

앞니가 심하게 흔들렸다. 그네처럼 앞뒤로 움직였다. 몸이란 이상하다. 그러고도 그게 왜 아직 거기 붙어 있는 건데. 엄마는 나를 끌고 치과로 향했다. 치과에 가면 어떤 일이 일어나는지 우리 둘 다 잘 알고 있었다.

공포스러웠다. 거의 내 것이 아닌 이빨이라 하더라도 아직 내 신체의 일부 아닌가. 팔도 흔들리고 발도 흔들리지만 팔과 발은 뽑지 않잖아. 지난 발치 때는 우지직 하는 소리가 났는데, 누가 옆에서 바위를 뽑는 줄 알았다. 아무리 생각해도 혼나는 게 덜 괴로울 것 같아 치과 문 앞까지 가서 줄행랑을 쳤다. 그 작은 다리로 어른 팔뚝만큼 높은 시멘트 계단을 뛰어 내려가며 울었다. 앞으로는 내 몸에서 무엇도 빼지 못하게 하리라, 둘리 셔츠를 입고 다짐했다. 하지만 나보다 훨씬 크고 빠른 엄마에게 이내 붙잡혔다.

"엄마, 나 못 하겠어."

"금방 끝나. 빼고 나면 안 아파."

"저번에 턱 무너지는 소리가 났어."

내가 서럽게 울자 엄마는 어쩔 수 없다는 표정을 지으며 말했다.

"저번에 네가 말한 붉은 갑옷 건담 있지? 3천 원짜리. 앓니 뽑으면 그거 사줄게."

갑자기 동공이 열렸다.

울음이 멈췄다.

아니… 그런 비기를 던지다니. 피닉스 건담으로 말할 것 같으면, 엄마가 작게 기쁜 날엔 천 원짜리를, 크게 기쁜 날엔 천오백 원 짜리를 사주던 조립식 로봇이었다. 3천 원은 나의 건담 컬렉션 수준을 훨씬 웃도는 초럭셔리 가격이었다. 옆 동 사는 태훈이가 부러워 책상을 칠 소식이었다.

두 시간 뒤, 치아가 하나 줄었지만 피닉스를 조립할 수 있게 된 나는 흔들리는 이가 더 없는지 하나씩 만져보았다. 엄마의 사랑이 한 일이지만, 피닉스가 해낸 일이기도 하다.

물건은 그런 힘이 있다. 유효기간 있는 처방약처럼 즉각적인 위안을 주는.

물건 수집을 좋아하는 성향은 어쩌면 나의 모부

로부터 왔을지도 모른다. 함께 살 때는 눈치채지 못했는데, 먼 나라에 떨어져 살다 잠깐 집에 들른 스무 살 여름에 알게 되었다. 풍족하지 않은 어린 시절을 보낸 미숙과 종찬은 성인이 된 후에도 아주 작은 물건조차 쉽게 버리지 않았다. 베란다부터 거실까지 크고 작은 오래된 물건이 즐비했다. 10년 거뜬히 넘은 옷들은 물론이고, 지나가다 받은 메모장과 볼펜 하나까지도 남아 있었다(이 사람들 나한테 뭐라고 할 게 아니었네).

대학생 때 같이 나와 살던 동생은 나에 관해 이렇게 증언했다.

"집 앞에는 택배 박스가 매일 쌓여 있었어. 저게 들어갈 데가 있나 싶게 많이. 근데 신기하게 그 많은 물건이 곧 집 안에 일렬로 각 맞춰서 정리되었지."

그 말을 듣고 옆에 있던 아내가 물개 박수를 치며 웃었다. 매일 보는 광경이기 때문이다.

물건과 질서는 떼어놓을 수 없다. 늘 일렬은 아니다. 하지만 안정감을 주는 자리에 물건을 놓는 건 중요하다. 조화로운 간격 속에서 함께 근사해지는 행렬 같은 게 정말 있다. 물건이 놓이는 공간까지 함께 전시된다는 전제에서 구매는 시작되어야 한다.

그림으로 설명하는 것이 쉽겠다.

다섯 개의 컵을 배치한 커피 스테이션을 상상해 보자. 좁고 긴 구조의 테이블 탑을.

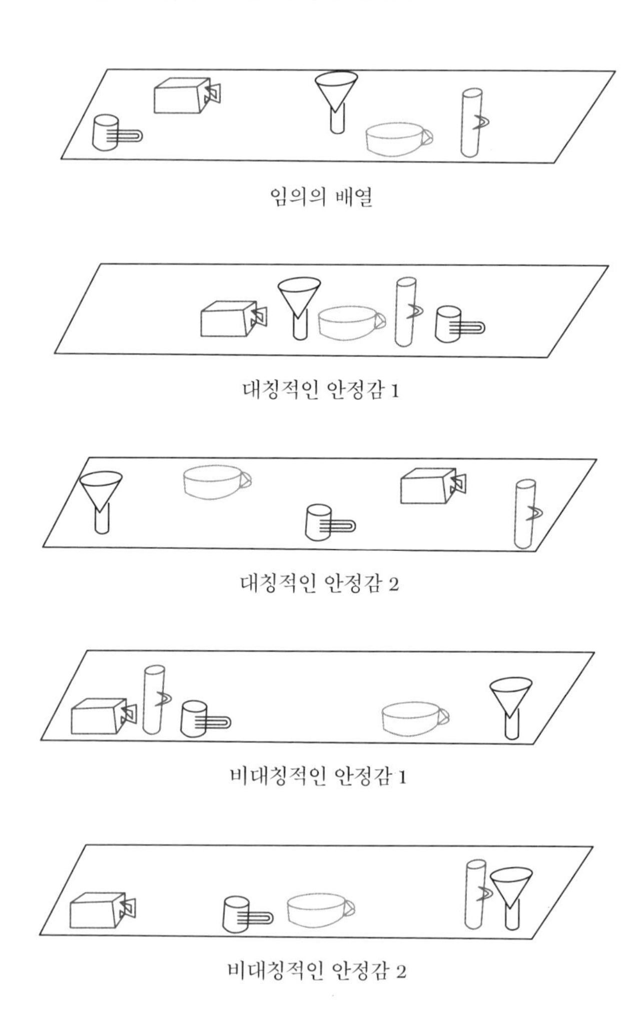

임의의 배열

대칭적인 안정감 1

대칭적인 안정감 2

비대칭적인 안정감 1

비대칭적인 안정감 2

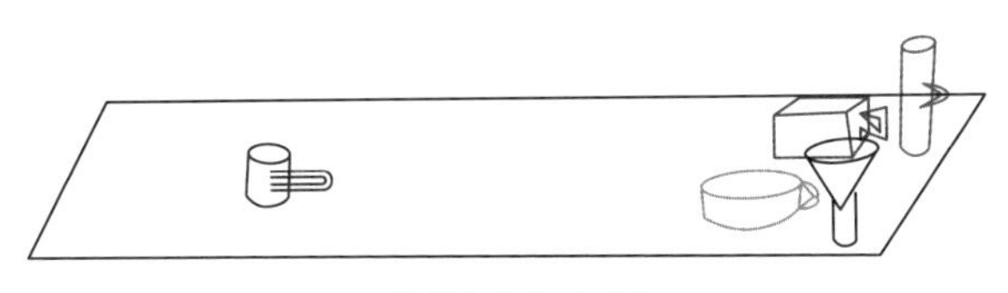

비대칭적인 안정감 3

대칭적인 배치에서도 비대칭적인 배치에서도 안정감은 만들 수 있다. 여기에 물건의 개별적인 색이나 조형까지 더해지면… 기분에 따라 컵은 계속 새로이 재정렬된다. 무한한 조합이 가능하다. 사진 찍는 사람이 자주 고민하는 구도의 영역이기도 하다. 내 손으로 통제할 수 있는 것이 거의 없는 세계에서 손끝으로 만들어내는 즉각적인 변주는 얼마나 짜릿한가.

여기까지 읽고 내가 너무 지나치다고 생각한다면 한번 골똘히 생각해보라. 남에게 말하지 않는 질서가 당신에게도 있지 않나. 고집에 가까운 취향 같은 것 말이다. 자신에게 당연하니 자연스럽다고 여기겠지만 다른 사람과 한 달만 살아보면 알게 될걸. 당신도 어딘가는 조금 이상하다. 세상에 더한 강박은 있어도 존재하지 않는 강박은 없다. 그러니 조금씩 이상한 서로를 포용하며 살아야지 어쩌겠나.

질서도 질서지만 중요한 건 그 물건의 당위다.

이 물건이 왜 고유한지, 왜 시장에서 그 값어치를 하는지, 그리고 왜 필요한지.

커피를 애호하는 나는 매일 서너 잔씩 마신다. 급한 마감이 있을 때도 마시지만, 식사 후의 리추얼 같은 것이기도 하다. 어떤 경우든 많이 마시는 것보다 맛있게 마시는 게 중요하다.

신선한 원두, 좋은 드리퍼, 일정한 입자를 만드는 분쇄기 등 커피의 맛을 결정하는 물건은 많다. 모두 만드는 과정에 도움을 주는 물건이다. 하지만 커피가 만들어진 후에는? 컵과 받침이 전부 좌우한다.

커피는 마시는 동시에 보고 만지는 경험이다. 즐겨 찾는 카페를 생각해보자. 커피 맛뿐 아니라 그 카페가 사용하는 컵, 벽의 색, 자주 앉는 자리의 의자와 창이 떠오르지 않는가.

커피의 몸이 돼주는 컵과 받침은 유독 커피의 인상을 바꾼다. 국제바리스타 대회에 참가자들이 가져오는 다채로운 식기만 봐도 알 수 있다.

커피 컵은 곡선의 배율에 따라 완전히 다른 물건이 된다. 아라비아핀란드에서 만든 우뚜아 세트나 구스타브스베리에서 만든 보데가 세트처럼 모두 엄지와 검지만으로 잡을 수 있을 만큼 앙증맞게 둥근 실루엣이 있는가 하면 로얄코펜하겐처럼 콧대 높은 사다리꼴 손잡이를 가지며 기백을 풍길 수도 있다. 손잡이는 아름다우면서 쥐기에도 편해야 한다. 맛은 입보다 손으로 먼저 감각하는 문제라는 이야기다. 한편 임페리얼포슬린의 러시안소울아미다돈 티컵앤소서 세트를 보자. 형형한 패턴과 무늬뿐 아니라 손잡이에 주목할 필요가 있다. 티컵이 아니라 거의 마차에 가깝다. 작품이 아니고 무엇이겠는가.

소개한 네 가지 컵은 주로 1970년대에 만들어졌다. 중고가 아니면 더 이상 구매할 수 없다. 유구하게 양도되어온 거다. 어느 개인의 역사가 만난 적 없는 타인에게로, 어느 테이블의 역사가 다른 테이블로 이어져왔다는 사실이 좋다. 그곳에 담겼을 수많은 이야기는 우리가 알 수 없지만.

컵의 크기 또한 마시는 경험에 관여한다. 조원석 도예가의 플레잉디쉬에서 나온 잔은 한두 모금만 담을 수 있을 만큼 작다. 작아서 마시는 속도를 찬찬하게 한다. 한편, 따르는 손은 더 분주해진다. 두 모금마다 새로 따라야 하기 때문이다. 덕분에 커피 온도를 잘 유지하며 마실 수 있고, 차처럼 한 모금씩 음미할 수 있다. 느긋하게 만남에 집중하고 싶은 사람에게, 그러면서도 극진히 대접하고 싶은 사람에게 나는 작은 잔을 내놓는다.

컵에 대한 찬사가 길어졌지만 컵에만 국한된 이야기는 아니다.

경험과 시간이 제한된 세계에서 물건은 우리에게 중요한 매개가 된다. 엎질러진 시절을 다시 통과하게 되고 먼 타인과 나의 생활이 포개어진다. 아주 작은 물건을 손에 쥐면서. 우리는 그렇게 만날 수도 있다. 애호의 역사를 나누며 유대감이 시작되기도 한다. 여러 공동체가 그런 방식으로 태어났다. 어쩌면 다른 나라에서 출발했을 전통 같은 데까지 함께 가면서. 재화 가치에 관계없이 유효한 이야기다.

갖고 싶은 물건은 거의 항상 내가 가진 것보다 더 비싸거나 너무 많이 비싸다. 그러나 우리에게는 당근마켓이라는 두 번째 거래의 장이 있다. 내향적이라 이틀 동안 집 밖으로 한 번도 나오지 않은 사람을 걷게 만들고, 그런 개인과 개인이 만나 느슨한 친구가 되기도 하는 곳. 가본 적 없는 나라의 컵을 쥐며 생경한 대륙의 식탁이 궁금해지는 곳 말이다.

이 교환장에 어찌 매료되지 않을까. 시간은 유한하고 생활의 촉매는 세상에 많고 우리의 욕망은 계속 자란다.

★☆연락 주세요—아이폰 11 그린☆★

미루고 미루던 거래를 시도하기로 했다. 돈이 꼭 필요했다. 그때까지 중고 거래를 한번도 해본 적 없었다. 내가 쓰던 물건을 누가 사겠어? 용감한 사람이나 중고로 사고파는 거지…. 팔릴지 미심쩍기도 했고 다소 겁도 났다.

"거기 닉네임 쓰고 지역 설정을 하고, 그래그래. 그게 다야."

날 안심시키던 그는 웃고 있었다. 뭐가 그리 무섭냐고 했다. 모든 처음은 늘 조금 무섭다. 생소한 앱이지만 꼼꼼히 사진 찍어 첫 게시물을 업로드했다.

아무에게도 연락이 안 오면 어떡하지. 원하는 것보다 많은 연락이 오면 어떡하지. 아무래도 좀 부끄러운데. 직거래하지 말까. 데이팅 앱도 아닌데(한번도 안 해봤다) 무지 떨렸다. 주목받으면 부담스러워하는 성향 때문이었다.

—제가 구매하겠습니다.

포스팅 후 12초 만에 첫 메시지가 왔다.

그리고 1분도 지나지 않아 다른 구매자가 채팅을 걸었다.

—몇 시에 가능하세요? 오늘 바로 거래할 수 있습니다.

세 번째, 네 번째 구매자가 연이어 말을 걸었다.

—물건 팔렸나요? 제발 저한테 파세요.

손이 덜덜 떨렸다.

친구가 내 폰을 보더니 말했다.

"야 뭔가 잘못됐어… 3분 안에 이렇게 연락이 많이 온다는 건… 단단히 잘못됐다는 거야."

앱으로 돌아가 내 포스팅과 다른 중고 사이트의 매물을 번갈아가며 대조했다. 별 차이 없었다.

다시 보니 있었다. 내놓은 기종은 '아이폰 11'이 아니라 '아이폰 11 프로'였다. 그리고 512기가바이트의 용량을 가진 녀석이었다. 컬러도 그냥 그린이 아니라 미드나이트그린이었는데, 이 역시 중고 시장에선 흔하지 않다는 걸 알게 되었다.

뒤늦게 다른 이들의 구체적인 소개 글이 보였다.

—아이폰 11 프로 512GB 배터리 92% 신동급

신동이라고? 재능 있는 아이를 신동이라고 하는 거 아닌가? 같은 사양의 물건이 내가 올린 가격보다 30만 원 비싸게 거래되고 있었다.

중고 거래라고 그냥 해결되는 건 아니었다. 팔려는 물건의 정보를 세세히 나열하고 시세를 정확하게 파악해야 했다. 혼자 다른 운동장에서 시합 준비를 하던 사람처럼 등에 식은땀이 흘렀다.

수습하느라 애를 꽤나 먹었다. 이게 애덤 스미

스가 말한 '보이지 않는 손'이구나. 시장에서 몸으로 겪은 첫 번째 수요-공급의 실체였다.

밀고 당김의 질서

시장에서 수요와 공급이라는 거창한 단어를 지우고 나면 세상은 결국 밀고 당김의 질서 아래 있음을 배우게 된다. 이 질서는 단순히 구매의 현장뿐 아니라 삶의 구석구석에서 발견된다.

일단은 프리랜서가 되었다

한겨울에도 고용이 되기 위해 8킬로가 넘는 창을 들고 이동하는 기병을 상상해보자. 얼음장 같은 갑옷과 무기를 견디며 일자리를 찾아 나선 이들을.

'찌르기'를 뜻하는 랜싱에서 시작된 이 창기병들의 호칭은 '랜서'였다. 중세시대에 국왕이나 영주에게 전속되지 않고 일하는 용병을 프리랜스라고 불렀다. 오늘날 특정 조직이나 단체에 전속되지 않고 일하는 '프리랜서'라는 말은 거기서 유래했다.

나에게 프리랜서란 지출은 고정되어 있는데 수입은 일정하지 않은 사람을 뜻한다. 작가, 사진가, 그래픽예술가, 보컬트레이너, 서체디자이너 등 다양한 직업군이 프리랜서로 살아간다. 창기병처럼 자기 목을 담보로 내놓지 않지만 어떤 점에서는 유사하다. 먹고사는 일은 직업적 목숨을 거는 일이니까.

프리랜서가 되기 전까지 나는 오랫동안 생업과 창작을 병행했다. 평일 오전 9시부터 오후 6시까지는 생계를 위해 직장에 다녔다. 어느 시절에는 잡지 에디터였고 다음 시절에는 데이터 분석가였다. 일이 끝난 저녁과 주말에 시를 쓰고 사진을 찍었다. 급한 날엔 직장에서도 했다. 사실은 꽤 자주 그랬다(죄송합니다). 친구는 언제 만나고 잠은 언제 잤냐고? 포기했다. 삶에 필수적인 최소한의 것만 남기고 나머지는 거의 포기해야만 겨우 유지되는 생활 방식이었다. 잠이 부족해 몸이 조금씩 고장 나고 있었다.

8년간 생업과 창작을 병행하며 알게 되었다. 나에게 경제적 불안보다 치명적인 건 빈틈없이 꽉꽉 짜인 생활이었다. 쓰고 찍는 시간을 확보하는 게 꾸준한 월급보다 더 절박했던 거다. 시간이 필요해 손을 내밀수록 시간은 나를 밀어냈다. 나의 세계에서 시간의 값이 올라갔다. 이것은 프리랜서가 된 뒤에도 피해 가지 못하는 시장의 섭리였다.

과잉 공급의 출판 시장에서

걱정하지 말라고, 1990년대부터 출판 시장은 매년 역대 최악이라 보도되었다고, 선배가 말했다.

불과 5년 전하고만 비교해봐도 알 수 있다. 책은 갈수록 더 팔리지 않는다. 독서 인구가 줄어든 것은 물론 책 판매 총량도 점차 줄고 있다고 한다. 이 시대의 텍스트 소비는 주로 웹에서 이루어진다. 서점 대신 넷플릭스나 유튜브 같은 영상 플랫폼이 문전성시를 이룬다. 이야기가 잘 팔리는 시대지만 종이책 작가가 먹고살기 쉬운 시대는 아니다.

그런데 책을 쓰려는 사람은 어느 때보다 늘어났다. 독서 인구는 줄었지만 신간 종수는 줄지 않았다. 읽지 않는데 쓰는 사람들. 타인에겐 관심 없지만 나의 목소리는 내고 싶은 게 우리구나.

기시감이 든다.

아쉬운 회식 자리가 떠오른다. 다들 말하느라 바쁘다. 질문은 하지 않고 조언하고 권유하고 일방적 발화만 하는 대화의 현장. 잘 듣는 사람이 드물기 때문에, 귀 기울이기 시작하면 하나둘 그 사람을 보며 말한다. 눈빛으로 수긍을 구한다. 있고 싶지 않은 데선 몸까지 기울여가며 경청하지 말자고 다짐한 것도 그 이유에서다. 듣기만 했는데, 자기 말만 하던 사람들로부터 또 만나자고 연락이 왔기 때문이다.

먼저 질문해주고 내 이야기에 골똘해지는 친구들이 몇 있다. 그런 우정이 흔치 않다는 걸 안다. 당근마켓에 희귀한 '신동급' 아이폰을 발견할 확률로 우린 만났다. 그 우정에서 우리는 모두 쓰는 사람이고 읽는 사람이다.

창작자의 활동 궤적

삶이 익숙한 질서로만 굴러가는 건 아니다. 마침내 주목받기 시작한 작가를 생각해보자(물론 나는 아니다). 작가를 주목하는 눈이 많아질수록 지면도 늘어난다. 창작자는 새 작품을 더 많이 만들어야 한다. 만들수록 더 자주 불리고, 불리니까 더 많이 만들고, 그러니까 더 눈에 띄어서 찾는 곳이 또 많아지고….

일반적인 밀고 당김의 질서를 역행하는 지표다. 수요가 증가하는데 공급도 증가하는 거다. 창작자의 경우, 대체 불가한 1인 단위로만 초대되기 때문이다. 그 작업은 그 사람만 할 수 있어서다.

창작 의뢰가 많아질수록 타인의 요구와 자신의 욕구 사이에서 균형을 맞추기 어려워지기도 한다. 건강에 좋은 음식, 운동, 지속적인 독서와 배움, 활발한 사회활동 등 작가 생활을 이어나가는 데 필요한 건 많지만 가장 중요한 건 아무것도 하지 않는 시간이다. 비워야 또 채울 수 있다. 몸과 마음은 유기적으로 연결되어 있다.

개인의 성향이나 사정에 따라 달라지기도 한다. 다작하며 행복해지는 창작자가 있는가 하면 그토록 바랐던 의뢰가 늘어났는데 결과물이 헐렁해지기도 한다. 아무도 불러주지 않은 시절에도 묵묵히 역작을 쌓아 올리는 이가 있고 아무도 불러주지 않기 때문에 안으로 웅크리는 작가도 있다. 해서 무언가 만드는 사람을 만나면 가능한 한 잘해주고 싶어진다. 평온해 보이더라도 속으로 앓고 있을 수 있으니까. 왕성하게 활동하는 이들도 마찬가지다. 초대받기를 기다릴 때도, 일이 늘어난 다음에도, 작업의 함량과 내면의 평화를 동시에 사수하는 건 간단한 문제가 아니다.

이 모든 건 자원의 한정 때문에 벌어지는 일들이다. 물건도 자원이지만 나도 자원이고 예술 생태계도 자원이다. 한정된 아이폰, 한정된 지면, 한정된 독자, 한정된 체력, 한정된 마음, 한정된 생산성…. 만약 내가 무한한 존재라면 필요의 역학 같은 건 인지할 필요도 없다.

사실 내가 정말로 무한하다면 프리랜서 같은 건 되지 않았을 것이다. 절박하지 않으므로.

직업적 수요

살다 보면 자신의 직업적 수요를 마주하곤 한다. 그런 순간은 어떻게 오는가.

오랜만에 신간을 내었다. 어려운 시절을 맺으며 쓴 시집이었다. 보통 한 권을 묶기까지 짧게는 1년 길게는 5년이 걸린다. 그렇게 낸 책이 팔릴 때마다 책값의 10분의 1이 인세로 돌아온다. 적은 돈은 아니지만 몇 해 동안 들인 노동에 비하면 충분하다고도 할 수 없는 수준이다. 시는 문학이라는 마이너한 분야에서도 초판이 다 팔리고 거듭 인쇄되는 경우가 극히 드물다.

출간 후 감사하게도 몇몇 서점에서 낭독회 겸 북 토크를 제안받았다. 낭독회의 정원은 보통 스무 명을 밑돈다. 참가하기 위해 독자들은 만 원을 지불한다.

'시집 『양눈잡이』의 이훤 시인 낭독회에 초대합니다.'

포스터가 올라가고, 다른 업에 종사하는 지인에게 연락이 왔다. 책 내고 낭독회도 하니 돈 많이 벌겠다고, 한턱 쓰라고. 다른 지인에게도 연락이 왔다. 먹고살기 어려운 예술 일을 아직도 하고 있냐고.

도쿄 스타디움에서 만오천 석 규모로 열린 공연에 간 적 있다. 뮤지션인 오래된 친구의 단독 콘서트였다. 그날 친구에게 환호하는 엄청난 숫자의 팬을 보고 놀랐다. 친구 또한 대단했다. 그 큰 무대를 거뜬히 소화할 뿐만 아니라 모든 멘트를 한국어와 일본어로 준비해왔다. 10년 넘게 자기 자리를 일구고 지켜 온 친구가 대견했다.

『양눈잡이』 북 토크에 그 친구를 초대했다. 메시지를 보내며 왠지 작아지는 나를 알아차렸다.

—사람이 많지 않은 단출한 자리야. 그래도 네가 와주면 기쁘겠다.

열다섯 명에서 스물다섯 명. 시를 들으러 오는 일반적인 수요를 가리키는 숫자다. 사실 나는 그 숫자가 부끄러웠던 적이 없다. 이토록 바쁘고 놀거리도 많은 시대에, 돈까지 내고 금요일 저녁을 내어주는 게 얼마나 고마운가. 시를 읽겠다고, 시인에게 귀 기울이겠다고.

그런데 만오천 명을 불러 모을 수 있는 자리에 있었던 친구를 생각하니 잠시 초라해지는 거다. 그에게 내 공간이 너무 작을까 봐. 내 직업의 너무도 적은 수요가 한눈에 느껴질까 봐.

물론 친구는 이와 비슷한 이야기조차 꺼낸 적도 없다. 그의 커다란 성취가 나를 초라하게 하지도 않는다. 모든 지표가 숫자로 대변되는 시장 질서에 익숙한 내 시선이 잠시 나를 관통하고 지나갈 뿐이다.

『양눈잡이』 출간으로 한창 분주하던 시기에 존경

하는 시인의 낭독회 소식을 들었다. 메시지를 보냈다.

—형, 직접 못 가서 아쉽지만 오늘 최고 좋은 시간 보내고 와.

그에게 답장이 왔다.

—휜아, 덕분에 힘이 나네! 오늘 낭독회 때 두 명 오신대. 그래도 난 이백 명 온 것보다 더 잘할 수 있지. 신나게 놀다 올게. 좋은 저녁 되고 하트 받아!

그는 진짜로 괜찮아 보였다.

그의 낭독회는 외진 곳에 자리한 작은 서점에서 예정되었고 모객 기간이 길지 않았다. 정원도 많지 않았다. 하지만 두 명이라니. 그의 시집을 아끼고 좋아해 여러 사람에게 선물한 나는 조금 허탈해졌다. 어쩌면 나 스스로를 향하던 어느 날의 번뇌를 거기서 보아버렸는지도.

자신의 세계를 움직여 먼 곳까지 와준 한 사람 한 사람을 환대하는 그의 얼굴이 그려졌다. 시장의 수요보다 백 배만큼 내어줄 준비가 된 시인이. 실로 그는 웃으며 낭독회를 잘했을 것이다. 그것은 시장이 기억하지 않을 공급 방식이었다.

이후에도 그날의 대화를 자주 생각한다. 삶 앞에서 꼿꼿한 고개를, 스스로의 일을 존중해주고 자신을 작게 만들지 않는 자세까지 전부.

시는 나를 위해 시작한 몇 안 되는 행위다. 일일이 설명 안 해도 성립되는 세계를 갖고 싶었다. 이민자로 지내는 동안 언어 앞에서 자꾸 실패하는 기분이었다. 발음되지 않는 것, 들어도 소리 이상의 의미로 들리지 않는 것들 사이로 매일, 찢어진 낙하산처럼 떨어졌다. 그럴수록 모국어와 타국어 사이 틈의 말을 찾아서, 나만 아는 방법으로, 세계를 다르게 경험하고 기록하고 싶었다.

시는 읽힐 때 확장된다. 독자를 통과하면서 새로운 주소로 간다. 독자는 만난 적 없는 시인 때문에 어딘가 낯설어진다. 같은 시가 자신이 통과한 타인의 수만큼 다시 태어난다. 작가와 독자 모두에게 팽창이라 할 수 있다.

하지만 그런 일이 일어나지 않는다 해도 시를 썼을 거다. 시인이 자전적으로 쓰지 않아도 그 경험이 스스로를 잘 옮기는 일일 수 있기 때문이다. 몰랐던 이름의 인물을 데리고 엉뚱한 곳에 다녀와도, 투과하며 남는 게 중요하기 때문이다. 쓰면서만 갈 수 있는 세상에서 돌아오면 우리는 조금 다른 사람이 되어 있다. 그 경험이 어쨌든 우선이다(그러니 많이 읽어주시길. 가끔은 시가 여러분에게 어떻게 도착했는지 안부도 전해주시길). 유일하게 시장의 질서로부터 벗어난다고 느끼는 순간이다. 밀고 당겨지며 계속 움직이는 세계에서 거의 모든 걸 걸고 그 자리를 지키고 싶다.

화폐 단위

프리랜서가 된다는 건 자신만의 돈의 단위가 생기는 걸 의미한다. 밥을 먹을 때도, 작은 연필을 살 때도, 마음먹고 비싼 헤드폰을 살 때도 내 노동의 단위와 견주어보는 습관이 생겼다.

수고한 나를 위해 당근마켓에 들어간다. 새로 들일 중고 커피 잔과 접시를 찾는다. 이때 욕심 내볼 만한지 가늠하는 기준은 다름 아닌 작업료다.

문예지에서 원고 청탁을 받아 시를 발표하면 평균적으로 시 한 편에 7만 원을 받는다. 그러니까 친구와 비싼 안주를 많이 시킨 술자리에서 나는 시 한 편의 노동만큼 지출하게 된다. 새것으로 사기엔 너무 비싼 컵 세트를 당근마켓에서 살 수 있는 값이기도 하다. 헤드폰을 구매할 땐 사진가로 이틀 일해 받는 촬영료에 견주게 된다.

그러나 프리랜서가 기억해야 할 게 있다. 월급과 달리 원고 청탁이나 작업 의뢰는 매달 꼬박꼬박 들어오지 않는다. 어떤 계절엔 손에 꼽을 만큼 적으므로 저축하며 미리 준비해야 한다. 일의 화폐적 단위뿐 아니라 시간적 단위 또한 기억해야 한다. 언제 위태로워질지 모르는 현대적 창기병의 삶.

위태로움을 예측할 수 없다는 사실을 생각하는 것만으로 위태해지지만 프리랜서에게는 화폐 단위를 넘어서는 기준도 있다.

2022년 말미에 '이훤의 전자우편'을 시작했다. 구독을 신청하면 한 달간 전자우편으로 열두 편의 미공개 작업을 집배하는 연재였다. 외부의 청탁에 기대지 않고 꾸준히 나 스스로에게 일거리를 주며 집필 기간 동안 최소한의 고료를 벌기 위해 '사진과 영혼'이라는 제목으로 첫 연재를 시작했다.

사진과 시, 산문을 함께 집배하다 보니 드는 품이 많았다. 글 쓰기 위해 구조를 짜고 자료를 조사하는 시간, 사진 시리즈를 기획하고 촬영하고 보정하고 순서를 치열하게 고민하는 시간까지. 그러다 식도염이 오고 급체해서 밤을 꼬박 새우고 아침에 잠들기도 했다. 원고를 미리 준비해도 어떤 날은 버거웠다. 그래도 집배하길 잘했다. 누군가 장문의 감사 답장을 보내거나 SNS에 후기를 남겨두는 날에는 그 작업을 독자와 함께 완성했다고 느꼈다.

전자우편의 구독료는 한 사람당 만 원이었다.

만 원은 나에게 새로운 단위가 되었다. 미발표 초고를 받아보기 위해 기꺼이 지불한 비용 아닌가. 결과물에 대한 대가뿐 아니라 창작자의 내일과 안녕을 응원하는 마음까지 보탠 지지라고 생각하게 된다.

모든 미물은 새로워지고 싶다

한겨울에 창과 방패를 들고 다니며 고용되고 싶은 사람들은 아직 광장에 서 있다. 언제든 접속 가능한 자신의 인터넷 주소지에, 그리고 매일 새로 시작하는 생활의 자리에. 나의 효용을 경신하고 어쩌면 반가운 누군가를 불쑥 만나게 될 거라 고대하면서.

버려질 위기에 처한 물건들 또한 한 번 더 기회를 얻고 중고 시장에 서 있다. 재고되기 위해. 거기서 마지막으로 새로워질 기회를 얻는다. 모든 미물은 새로워지고 싶다. 나에게 더는 필요하지 않은 소유가 누군가에게는 기다려온 바로 그 물건일 수 있다. 꼭 팔아야 하는 사정과 마침 그걸 찾던 손이 만날 수도 있다. 고맙잖나, 서로의 필요를 채워줄 수 있다는 감각은. 비슷하게 간절한 사람들이 만나는 순간을 좋아한다.

프리랜서가 된 나 또한 연락을 기다린다. 충분히 바쁠 때도, 새 의뢰가 반갑다. 세상에 내보낸 이전 작업이 타인을 통해 돌아오는 것 같기 때문이다. 나의 다음 가능성을 알아본 눈이 궁금하기 때문이다. 꾸준한 작업에도 불구하고 어떤 연락도 오지 않던 절망의 끝맛이 아직 생생하다. 당신에게도 그런 시절이 있었나. 자신의 화폐적 가치를 고민하고 타인에게 줄 수 있는 것을 고민하던 날이. 그러다 스스로를 상실한 적이. 누가 시키지 않아도 스스로 선택했을 자기 일을 쥐고 용기 내어 광장으로 나갔던 적이.

모두, 밀고 당김의 질서가 즐비한 데서, 나라는 한정된 자원을 들고 삶으로 들어섰다 퇴장하는 우리들 이야기다.

끄트머리와 끄트머리

일어나 보니 간밤에 마흔 명이 넘게 다녀갔다. 당근마켓 구인구직 게시판에 '1000피스 퍼즐 맞춰주실 분'을 찾는 글을 올린 게 새벽 2시인데, 그사이 마흔세 명이 지원한 거다. 불과 여섯 시간 만에.

대체 무슨 퍼즐을, 새벽 2시에 구인할 만큼 빨리 맞추고 싶었냐고? 내가 오랫동안 좋아해온 사람들이 담겨 있어 그랬다. 바로 미국 드라마 〈더 오피스〉의 주인공들이다. 내 인생의 3할은 이 드라마를 보며 흘러갔다고 해도 과언이 아니다. 무려 아홉 개의 시즌이나 되는 긴 작품인데 열 번 넘게 정주행했다.

〈더 오피스〉에는 어딘가 부끄러운 직장인들이 등장한다. 이상할 만큼 솔직하고 이상할 만큼 허영많고 이상한 거짓말을 하고 이상하게 눈치를 보거나 불안해한다. 타인을 이상할 만큼 연민하고 질투한다. 결점이 많아 지켜보기 힘든데, 가만히 보면 나의 어딘가와 닮은 사람들이다. 그들이 10년 넘게 한 사무실을 드나들며 겪는 유대와 붕괴, 우정과 회복을 〈더 오피스〉는 보여준다. 이삼십대 내내 그들을 가까이서 지켜본 덕분에 직접 겪지 않은 삶을 대신 살아볼 수도 있었다.

퍼즐은 드라마에 등장하는 배우들이 강가에 함께 있는 장면을 담았다. 허점을 속속들이 알게 된 열

명의 캐릭터가 각자 편한 곳에 눕거나 앉거나 서서 느슨하게 강 너머를 응시하는 장면이 왜 이렇게 뭉클한지 모르겠다. 나만큼 이 드라마를 좋아하는 아내가 퍼즐을 사 왔다. 그러나 우리에겐 1000피스나 되는 퍼즐을 맞출 여력이 없다. 허리가 취약하고 늘 수면 부족과 시간 부족에 시달리고 있기 때문이다. 무엇보다 둘 다 이런 대규모의 퍼즐을 맞춰본 경험이 전무했다.

—퍼즐과 유액, 액자 전부 준비되어 있습니다. 맞춰주시고 유액 발라 액자에 넣어주실 분 간곡히 찾습니다. 수고비는 8만 원입니다.

당근마켓에서 사람을 구하자 이력서라 불러도 될 만큼 정성스럽게 쓴 경력과 퍼즐에 대한 열렬한 고백이 도착했다.

—미술 작가입니다.

—청소 일을 오래 해 손이 빠릅니다.

—차가 있습니다. 원하신다면 장소 조정 가능합니다.

—시간 엄수합니다. 지각해본 적 없습니다.

—남편도 합세해 빠르게 맞춰드립니다. 둘 다 건축 공부해서 만드는 재주가 좋습니다.

퍼즐은 좋아하지만 액자 작업은 해본 적 없다거

나 중학교 이후로 500피스만 해봤다는 등 기대 이상으로 정직한 사람도 있었다. 너무 쟁쟁해 송구스러워지는 여러 지원자 중 우리가 선택한 분은 정미 님이다. 그는 완성한 퍼즐뿐 아니라 유액 처리하여 액자에 완벽히 담아둔 사진까지 보내주며 자신의 퍼즐 내공을 증명했다. 흠잡을 데 없이 출중한 지원자였다.

일이 필요해서 응모한 사람이 대부분이었지만 놀랍게도 수고비 없이 하겠다는 지원자도 있었다. 묻지 않을 수 없다. 나에게는 그저 노동인 퍼즐 맞추기가 어째서 누군가에게는 이토록 큰 즐거움일까.

존경하는 어느 출판사 편집자도 집에 가면 퍼즐 맞추는 걸 좋아한다고 했다. 하루를 마치면 퍼즐 앞에 앉는다고, 조금만 해야지 하고 시작해도 집중하다 보면 어느새 30분이 훌쩍 지나 있다고. 그때만큼은 작업 중이던 책도 작가도 전화기도 잊고 몰입한다고. 그러나 편집자가 하는 일이 이미 무시무시한 퍼즐의 연속이나 다름없는데….

책을 만들 땐 작가 말고도 많은 사람이 동원된다. 편집자, 마케터, 디자이너, 인쇄소 기술자 등 여러 인력이 전문성을 발휘해야만 한 권의 책이 겨우 태어나 서점에 배포되고 독자와 만난다. 특히 편집자는 동시에 수많은 일을 진행해야 한다. 원고 청탁, 디자이너 물색과 섭외, 회의, 표지 작업자 섭외, 거절당하고 다음 작업자에게 연락, 작가와 원고 회의, 젠틀하게 작가 독촉, 부드러운 회유로 작가 독촉, 무시무시하게 독려하며 작가 독촉, 이제는 책이 나와야 한다며 독촉, 맛있는 거 집으로 사 들고 가 독촉, 마침내 원고 수령 후 교정 교열, 책 구성, 종이 및 판형 결정, 그 결정 실행을 위해 필요한 제작비를 목표로 출판사 대표와 마케터 설득, 추천사 청탁, 보도자료 작성 등등. 수십 가지 업무를 타임라인에 맞춰 일사불란하게 진행해야 한다. 한 권의 책을 만들기 위해 벌이는 일들이다. 편집자는 주로 서너 권의 책을 동시에 작업한다. 서너 편의 영화를 동시에 찍는 영화감독이나 다름없다.

지지부진한 그 일을 종일 해놓고 어떻게 집에 와서 또 퍼즐을….

퍼즐의 질서는 다르기 때문일 거다. 텍스트 아닌 것들로 완성하는 세상이 그리웠을지도 모른다. 그래 놓고 다음 날 원고를 보다가 어떤 대목이 너무 좋아 감동하고 어쩌면 울고 울다 말고 다음 섭외 메일을 쓰는 자신을 보며 혀를 끌끌 찰 거다. 지난한 이 일을 선택했는데, 이상하게도 그게 또 다행이라고 생각할 거다. 책상에 쌓인 책들을 보면서, 또 책을 만들고 싶다고 생각할 거다.

"애증하지만 본능처럼 매일 하고 싶은 일이 나한테도 있어. 밥상 10인분 준비하기. 딸이 먹고 싶다는 음식 설명만 듣고 재현하기. 옆에서 파만 다듬어 주면 김치도 뚝딱 담그지."

이야기를 듣던 이웃집 중년 복희가 말한다. 복희의 동생 윤희는 아기 보는 게 그렇다고 한다. 복희의 남편 웅이는 얼마 전 구매한 차를 청소하는 일이 그렇다고 한다. 누운 채 우릴 바라보던 숙희는 누워서 사랑받기가 바로 그 일이라는 듯 눈을 지그시 감았다 뜬다.

얼마 지나지 않아 정미 님에게서 연락이 왔다. 1000피스 퍼즐 작업이 끝났다는 거다. 어떻게 이틀 만에 그걸….

수고비를 드리고 거듭 감사를 전하는 우리에게 정미 님도 격앙된 기쁨을 전했다. 아들과 함께 맞췄는데도 스무 시간 넘게 걸렸다고, 그런데도 안 끝나길 바라며 작업했다고. 이런 알바가 많아지면 좋겠다고도 했다.

"해외 퍼즐은 오랜만이라 실력 발휘를 해야 했

어요. 패턴이랑 모양이 완전히 다르거든요. 국내 퍼즐은 패턴이 네다섯 개 정도라 손끝으로도 알 수 있어요. 근데 해외에서 만든 건 물방울부터 우주선, 뱀, 코끼리, 악어 모양까지 천차만별이에요. 난이도가 있죠."

내가 전혀 모르는 세계에 대해 그는 빠삭했다. 그 덕분에 퍼즐에 색이 많을수록 맞추기 쉽다는 것도 알게 되었다. 그림 속 대상을 색으로 구분하는 것만으로 자리를 빠르게 판단할 수 있다는 것도. 의뢰한 퍼즐은 하필 나무랑 잔디밭이 전부 녹색 계열이어서 피스를 일일이 하나씩 다 대봐야 했을 거다. 낯선 골목과 모르는 집 앞을 서성이듯, 퍼즐 조각의 끄트머리와 끄트머리를 일일이 맞대보아야만 확신할 수 있었을 거다.

사람을 찾던 시절에 꼭 맞는 비유다. 나와 어울리는 누군가를 찾기 위해서는 돌출된 나와 움푹한 자신부터 먼저 배워야 한다. 이후에도 나와 타인은 동시에 탐구되었다. 끄트머리와 끄트머리를 일일이 맞대보는 시간.

완성된 1000피스 〈더 오피스〉 퍼즐은 내가 일하는 사진 스튜디오에 걸려 있다. 카메라 장비를 정리하면 두 눈이 그들에게 머문다. 10년 넘게 시청했지만 볼 때마다 이상하고 애틋한 인물들의 표정과 복장을 하나씩 훑어본다. 어디서도 퍼즐을 맞추지 않는 나는 촬영 중 손님들이 두고 간 말을 쥐고 골똘해진다. 그리고 오늘 나를 넘어뜨릴 이미지를 찾아, 작은 나의 스튜디오에서 부지런히 손끝을 움직인다.

> 가끔 저는 문장을 시작하는데 저조차 그게 어디로 갈지 몰라요. 말하다 보면 떠오르길 소망해보는 거죠.*

* 〈더 오피스〉 시즌 5의 열한 번째 에피소드 'Suit Warehouse'에 나오는 대사.

우리를 우리답게

얼마큼 보여주고 싶은지

홍의 당근마켓 닉네임은 '연희동 거북이'다. 그는 내 친구다. 연희동에 산다. 느리다. 거북이도 조금 닮았다. 길에서 그를 처음 만났더라도, 그의 당근마켓 닉네임이 연희동 거북이라고 말해주었다면 나는 고갤 끄덕였을 것이다.

홍은 낯을 가린다. 작은 볼륨으로 가끔만 말한다. 경청하다가 중요한 이야기를 한다. 홍은 타국어로 이야기하는 게 더 편하다. 홍은 동물을 구하는 현장에 간다. 거기에 갈 만큼 용감하다. 홍은 소설을 쓴다. 어디서도 읽어본 적 없는 소설을 쓴다. 이 모든 건 연희동 거북이로 기억되기 어려운 정보들이다.

홍은 기억되고 싶다. 자신의 모든 이름으로. 이름이 닿지 못하는 자신으로.

한편 좋아하는 동료 김은 가끔 기억되지 않고 싶다. 철저하게 익명이고 싶다. 특히 중고 거래의 자리에서는 아무도 자신을 알아보지 못하면 좋겠다. 김은 어쩌다 마주쳐도 기억나지 않을 이름을 고민했다. 어떤 이름이 나를 꽁꽁 숨길 수 있지? 어떻게 하면 모르는 사람들 사이에서 조용히 거래하고 집으로 돌아올 수 있지?

'코스모스'.

김은 가장 무난한 그 닉네임을 골랐다. 코스모스가 아닐 수도 있다. 너무 무난하고 흔해 이 글을 쓰는 순간 이미 헷갈린다. 프로필 사진도 포털사이트에서 쉽게 찾을 수 있는 꽃 사진으로 해두었다. 자신의 나이대 유저 중 열에 서넛이 장착한 정체성을 포즈처럼 취하며.

거래하다 말고, 어머 작가님, 소리를 듣고 싶은 사람은 없을 거다. 아주 개인적인 물건을 팔면서는 더더욱. 자신을 알아보는 독자가 한 손에 신발을 들고 같이 사진 한 장만 찍으면 안 되냐고 물으면 좀 곤란하잖나.

지문 같아서

불행인지 다행인지 나는 김만큼 유명하지 않다. 그래서 누가 알아볼까 걱정한 적이 없다.

하루는 아주 비싸게 샀지만 얼마 쓰지 못한 매트리스를 급히 거래하기 위해 싸게 내놓았다. 구매가의 반도 안 되는 가격이었다.

채팅이 왔다.

—똑똑. 비슷한 크기의 템퍼를 수배하던 중이라 반갑게 문의합니다. 템퍼 매트리스 써본 경험 있고

요. 가격은 조율해주시면 감사하지만 아니어도 괜찮습니다… 좋은 물건 좋은 가격에 판매해주셔서 감사합니다.

닉네임이 심상치 않다.

'고요한 이라'.

웹상에서는 잘 만나지 못하는 깔끔한 말투… 적절한 위트… 제때 쓰는 마침표… 반가운 유저다. 구어와 문어 사이의 쫄깃한 긴장감. 말을 아는 사람이다. 내 물건의 새 주인이 돼주면 좋겠단 생각이 든다.

어떤 사람은 그가 쓰는 문장 때문에 신뢰가 간다. 담백하고 좋은 문장을 쓰면서 이상한 사람도 왕왕 있지만. 이번에는 느낌이 좋다.

작가들은 한 번쯤 했을 법한 고민인데, 온라인에서 글을 담백하고 정연하게 쓰면 보통 무뚝뚝하다고 한다. 맞춤법 맞게 쓰고 마침표를 꼬박꼬박 찍었을 뿐인데 구글번역기냐며, 챗GPT인 줄 알았다며 조롱을 듣기도 하는 게 이 세계 아닌가. 물론 나도 비슷하게 느낀 적 있다. 친구가 출판사에서 편집자로 근무할 때, 용건만 설명하는 사무적인 메일을 존댓말로 보내왔는데 그게 괜히 서운했다. 말끝마다 웃음 표시나 물결 같은 걸 달아주길 바랐던 건 아니지만….

한편 아내는 평소 흠애하던 굴지의 평론가와 업

무 관련 문자를 나누다가 그가 보낸 가볍고 상큼하기 그지없는 웃음 이모티콘(^.^)이 너무 좋아서 물개 박수를 치기도 했다. 이모티콘은 절대 쓰지 않을 것 같은 사람이 쓸 때 더 큰 힘이 실리기도 한다.

아무튼 '고요한 이라' 님과 이야기를 나누다보니 혹시 출판사 편집자나 작가 아닌가 하는 생각이 문득 들었다. 정중하고, 정확하고, 꼼꼼하고….

직거래 방문을 위해 이라 님의 연락처를 받았는데 익숙한 이름이 쓰여 있었다. 설마 했는데 전화번호도 내가 아는 번호였다. 이럴 수가. 당근마켓에서 침대 매트리스를 거래하다 존경하는 작가를 만나다니. 평소 모든 거래자에게 친절하려 애썼으니까 망정이지 어쩔 뻔했나. 쿨거래 아니라고 삐딱하기라도 했다면(다섯 번 이내의 채팅으로 마치는 거래를 '쿨거래'라고 부른다), 메시지를 읽고 제때 답장하지 않기라도 했다면 말이다. 우리는 서로 반갑고 놀란 채로 매트리스 한쪽에 서서 한참을 더 이야기했다.

이름을 모르고 만났지만 어떤 정체성은 들킬 수밖에 없다. 말과 태도는 그 사람의 지문 같아서 잘 감춰지지 않는다. 다행스럽고 무서운 일이다. 우리가 서로를 알아볼 수 있다는 건, 알아차릴 수밖에 없다는 건.

벼려온 용기

그런가 하면 이름에서 시작되는 힘도 있다. 열아홉의 나이로 나는 홀로 이민을 갔다. 이민 초창기 가장 번거로운 건 모든 언어가 번역을 거쳐야 한다는 사실이었다. 슈퍼에서 초콜릿을 사고, 버스 정류장에서 집으로 가는 길을 묻고, 친구와 오늘 좋았던 일을 이야기하는 일상적인 순간마다 어순을 바꾸고 단어를 찾느라 긴장했다. 간단한 문장을 말하는데도 수고스러우니 금방 지쳤다.

무엇보다 피로한 건 대부분이 내 이름을 똑바로 발음하지 못한다는 사실이었다. 부를 때마다 오해가 시작되는 기분이라면 설명이 될까.

미국에서는 본명인 '이진우'로 생활했다. 진우만큼 쉬운 한글 이름이 있나. Lee라는 성도 흔하고. 하지만 그곳에서 나는 '진-워'가 되었다가 '지-뉴'가 되었다가 '지-운'이 되었다. 관공서에서 볼일을 볼 때마다, 커피를 주문하고 내 차례를 기다릴 때마다 직원이 내 이름을 뭐라고 외칠지 조마조마했다.

은행을 가면 아예 원래 성을 뚝 떼버리고는 이름은 Jin으로, 성은 Woo로 표기하는 경우도 있었다. '우진'이 되는 거다. 사람들 만날 때마다 이름을 정정해주는 데 지쳐 모두에게 Jin이라고 부르라고 했다.

그렇게 오랫동안 나는 Jin이었다. 타인이 불편할까 봐 나의 이름을 바꾸기로 한 거다.

이름이 무엇을 의미하는지 몰랐다.

그러다 몇 해 전, 동료 사진가 토니의 전시에 갔다. 그가 공적인 자리에서 작품에 대해 설명하는 걸 들었다. 푸에르토리코에서 이민 온 어머니와 뉴욕 외곽에서 자란 아버지 사이에서 태어난 그는 두 모부의 억양을 물려받았다. 그는 특유의 억양이 섞인 자신의 영어를 부끄러워하지 않았다. 미안해하지 않았다. 정확히는 자신의 말하기를 미흡한 것 아니라 고유한 것으로 자부했다. 생활어로는 쓰지만 공식적인 자리에서 배제되는—'고상한' 말하기에 쓰지 않는—단어들을 눈치 보지 않으며 사용했다. 전시장에서 'ain't'와 'hella' 같은 은어에 가까운 단어가 들리는데, 거기서 오는 카타르시스가 있었다. 암묵적으로 금기를 부수는 느낌이었다. 예술과 생활을 구분하지 않고 외려 일상으로 초대하는 듯 느껴졌다. 작업이 삶으로 확장되는 순간이었다. 누군가는 그의 언어 때문에 작품을 폄하할 수도 있었다. 못 알아듣거나 오해할 수도 있었다. 토니는 커리어나 타인의 눈보다 자기 언어를 지키는 게, 전시장에서도 자신인 채로 머무는 게 중요했던 걸까. 나는 그것이 오랫동안 토니가 벼려온 용기라 느꼈다.

오랫동안 부끄러워했던 이름, 이진우가 떠올랐다. 한국어를 읽어야 할 제1세계 사람들의 수고를 먼저 떠올렸던 시절을, 내 이름을 양보했던 나를 맞닥뜨렸다.

그날 이후로 나를 그냥 Jin으로 부르라고 말하지 않았다. 친구들에게 이제부터 Jinwoo라 불러달라고 부탁했다. 그리고 활동명도 'Jinwoo Hwon Lee 이훤'으로 바꾸었다. 전시가 있거나 책자에 수록될 때마다 말미에 한글 이름을 함께 적어달라고 요청했다. 다수가 한글을 모르는 그곳에서도 나의 모든 이름을 보아주기를 요청한 거다. 이름은 한 개인이 시작되는 주소이기 때문에. 이름은 우리를 불러일으키는 주문이기 때문에.

스스로 내 이름에 권위를 부여하자 사람들은 그것을 존중해주었다. 그 사실을 생각하면 기분이 이상하다.

어느 날 아내는 내가 영어로 말해야 하는 자리에서 딴사람 같다고 했다. 언어에 따라 태도가 달라진다고.

예전 전시 오프닝 영상을 다시 찾아보았다. Jinwoo Hwon Lee로 말할 때 목소리 톤이나 어투, 표정이 미묘하게 달랐다. 더 외향적이었다. 무엇보다 말하는 속도가 빨랐다. 영어를 구사할 때 나는 반대편 우주에서 자란 나 같았다. "다른 언어를 배우는 건 두 번째 영혼을 얻는 일과 같다"고 샤를마뉴는 말했다. 언어는 그런 일을 한다. 새로운 우리를 모색하게 만든다. 발견된 그것은 자란다. 조끼처럼 걸치고, 모자처럼 쓰고, 바지처럼 입는, 얼마나 많은 우리의 분신이 그렇게 태어나는가.

한국어로 대화할 때 나는 아직도 어눌하고 느리다. 가끔 말하다 말고 고장 난 번역기처럼 멈춘다. 오 주여 나를 도와주소서…. 가끔 짧은 기도를 속으로 읊는다.

15년 넘는 타국 생활을 끝내고 작년에 한국에 돌아왔지만 아직도 어떤 일상어는 영어로만 생각난다. 이민 시절이 한국어를 영어로 메워버린 거다. 간혹 팟캐스트에 출연할 때면 조마조마하다. 침묵을 만들까 봐. 목소리에만 의존하는 플랫폼에서는 내가 생각하는 모습이 상대에게 보이지 않으니까. 침묵하는 듯 보여도 적절한 한국어를 말하기 위해 사실 나는 엄청 분주하다. 가볍게 떠 있는 것처럼 보여도 물속에서

맹렬히 발을 놀리는 오리처럼.

한편 영어가 나를 빠져나가고 있기도 하다. 영어를 몸에 익히는 데 15년이나 걸렸는데 한국에서 지낸 지 한 해 만에 그렇게 되었다. 들이는 속도와 잃는 속도가 이만큼 다르다는 게 이상하다. 언어는 살아 있어 화초처럼 돌보아야 한다. 주기적으로 들여다보아야 유지될 수 있다. 언어는 자신이 살 자리를 기어코 찾아낸다. 미국에 잘 스며들고 싶어 영어를 물고 늘어지는 사람 안에 더 많이 증식할 수밖에 없는 이유다. 한국에 오자 훨씬 더 빠르게 한국어가 몸을 뒤덮는다. 또다시 두 언어는 처음 보는 형상으로, 규칙 없는 전선처럼 내 안에 얽혀 있다.

놀랍다. 우리 안에 길들지 않은 언어가 여럿 산다는 건, 그들이 서로 영향을 주고받는다는 건. 나도 모르는 사이 하나가 소실되고 다른 하나가 새로 태어난다.

이 모든 복잡한 역사가 이름 몇 글자에서 시작되었다. 진우 훤 리야, 하고 불렀기 때문에 진우 훤 리가 시작된 거다. 피터야, 하고 불렀기 때문에 피터가 시작되고 규민아, 하고 불렀기 때문에 규민이 시작된 거다. 우리 집에 온 고양이를 숙희야, 하고 불렀기 때문에 숙희가 시작되는 것처럼.

갓 전역한 친구의 고백도 생각난다. 자신에게 군대는 유사 죽음 같았다고, 들어가자마자 이름부터 지웠다고. 훈련병 202번으로 시작해 2년 동안 제대로 된 이름으로 불리지 않았더니, 점점 자신의 이름에 이물감이 들었다고 했다. 이름을 잃어버리는 경험은 그렇게 일어나기도 한다. 모두 같은 머리로 깎고 같은 옷을 입히고 생활까지 하나로 묶어버리는 환경에서.

거울을 준비하는 마음

이름을 가릴 때 주어지는 자유와 새로이 생겨나는 정체성도 있다.

인터넷이 등장하고부터 우리는 익명으로 존재할 때가 많아졌다. 이 공간에서 우리는 솔직하다. 아무도 이름을 묻거나 부르지 않기 때문에, 꼭 하고 싶고 듣고 싶었던 말과 만날 때도 있다. 수많은 혼자가 웹이라는 광장에서 만나 용기를 모으기도 한다. 공동의 단위로 새 우정의 기준을 제시하기도 한다. 이름 없는 공간의 효용이 있다.

하지만 가끔은 생각하게 된다. 익명 공간에서 어디까지 허용되어야 할까. 안티팬이 많은 연예인이 상을 받자 그의 부모를 욕하고 밤길 조심하라는 등의

댓글이 무서운 속도로 이어졌다. 봉합되지 않은 상처처럼 그 기억은 내 안에 남아 있다. 여러 사람이 한 명을 둔기로 때리는 현장 같았다. 오프라인이었다면 조심히 걸었을 좁은 계단에서도, 얼굴이 보이지 않는 온라인이어서 어깨를 부딪치고 싸움 걸고 구석으로 몬다. 넘어진 사람을 밟는다. 길에서, 버스에서, 식당과 카페에서 지나친 우리 중 누군가가 저런 댓글을 썼을 수도 있다고 생각하니 좀 쓸쓸해졌다.

몇 해 전부터 다음과 네이버는 스포츠와 연예 뉴스 아래 댓글창을 없앴다. 악성 댓글에 일방적으로 당하는 이들을 보호하기 위한 장치였다. 물론 응원을 위한 자리도 없어졌다. 잠정적으로는 언어폭력을 막지만 여기 웹의 지도에는 너무 많은 다른 동네가 존재한다.

디지털 도시가 생겨난 뒤, 우린 이 동네에서 어떻게 지내기로 할지 제대로 논의한 적도 없다. 신분증 없이도 이 도시 대부분에 입장할 수 있다. 그리고 모두가 자신의 방식으로 그곳에서 거주한다. 이름이 없기 때문이다. NastyFrog181818과 GiantFoot999가 싸우는 동안 누구도 서로를 이름으로 호명하지 않기 때문이다. 서로를 만났지만 만나지 않기 때문이다.

이름을 가린 사람들이 모일 때 에티켓을 어떻게

만들까. 특히 가치 교환이 일어나는 현장에서 어떻게 이 익명성을 잘 다룰까. 실제 만남으로 이어질 수도 있는 중고 거래 현장 같은 데서, 표현의 의지와 자유를 가로채지 않으면서.

당근마켓은 치열하게 이 고민을 한 것으로 보인다. 그리하여 '매너 온도'라는 거울을 준비했다. 거래 전후의 내 '매너'를 말 그대로 '온도'로 표시하는 거다. 그 온도는 만나기 전부터 만남이 끝난 후까지 상대방이 아니라 나를 보게 만든다. 온도를 나타내는 숫자 옆에는 얼굴 이모티콘이 있어서, 온도에 따라 표정이 바뀐다. 매너가 좋으면(온도가 올라가면) 활짝 웃고, 매너가 나쁘면(온도가 내려가면) 침울하다. 거울과 얼굴은 그런 힘이 있다. 무례한 말을 멈추게 하고 내 표정을 살피게 한다.

힘의 저울이 한쪽으로 기울지 않게, 당근마켓은 판매자뿐 아니라 구매자에게도 똑같이 거울을 쥐여준다. 양쪽 다 상대가 아니라 자신을 들여다보게 한다. 그 거울이 비춰온 오래된 풍경을 새로 만나는 구매자와 판매자가 볼 수 있다. 거기, 매너 온도 밑에 상세한 언어로 우리는 남는다. 지난 태도를 조회할 수 있게 하자 사람들은 친절해졌다. 배려도 했다. 부탁한 적 없는 초콜릿이나 과자를 주기도 하고, 거래 장소로 와주기도 하고, 여분의 물건을 얹어주기도 했다. 쓰지 않는 물건을 무료로 나누기도 했다. 거울은 평판으로 이어졌다.

익명의 공간에서도 사람들이 자발적으로 매무새를 다듬게 하는 아름다운 장치였다고 생각한다. 닉네임이라는 잠정적 호칭 너머에서도 품위를 유지하게 만들었다. 웹이라는 광활한 도시에서 서로를 자신과 다름없는 존재로 인식하게 했다.

활자와 이미지로 빼곡한 SNS에서, 중고 거래의 장에서 당신의 이름은 무엇인가. 그 이름일 동안 당신은 얼마큼 당신인가.

한 칸씩 밀려나는 과거

바로 그 장면이다. 오랫동안 찍고 싶었던 바로 그 사진이 되기 위한 피사체가 모두 저기 있다. 빛도 완벽하다. 이 광경을 재현할 수는 없다.

일행의 속도에 맞춰 발 빠르게 그것을 지나친 사진가는 마음이 복잡해진다. 저건 찍어야 하는데… 꼭 담고 싶었던 사진인데…. 하지만 일행은 전부 오늘 처음 본 사이다. 일 때문에 만난 큐레이터와 스태프, 에듀케이터 그리고 갤러리 대표까지 여섯 명이나 되는 사람을 기다리게 할 순 없는 일이다. 초면에 너무 무리한 부탁이다. 그러나 가방에서 카메라를 꺼내기만 하면 되는데….

망설이던 사진가가 말한다.

"저기, 정말 죄송한데 먼저 가셔요. 제가 지금 꼭 찍고 싶은 사진이 있어서…."

사진가는 가방을 들고 뛰어간다. 아까 그 자리로 되돌아가니 아직 거기 있다. 평상에 누워 있는 노인들, 그 옆을 뛰노는 아이들 그리고 그 옆에 앉은 새 두 마리. 강과 집과 도로의 경계를 없애는 적당한 안개. 완벽한 구도가 보인다. 두 개의 시간이 존재하는 듯 느껴지는 장면이 착시를 만드는데, 그 착시는 시공간이 희미해지는 상태를 대변하는 것 같다. 지금 작업 중인 시리즈에 중요한 메타포로 쓸 수 있는 장면이다.

다시 연출할 수 없는 종류의 풍경 앞에선 타이밍이 중요하다. 새가 날아가기 전에 셔터를 눌러야 한다.

도착하자마자 가방에서 카메라를 꺼내고, 파워 버튼을 누른다. 켜는 동안 조리갯값을 빠르게 생각하고 동시에 ISO 버튼을 400으로 바꾼다. 셔터 속도는 60분의 1초. 조금 느리지만 평소 흔들리지 않고 찍을 만큼 익숙하니 괜찮다. 조리갯값을 맞추자마자 빠르게 셔터를 누르려는데 새가 날개를 펼친다.

악! 안 돼!

여러 번 셔터를 누른다. 이미 멀찌감치 날아가는 새 반대편에서 사진가는 고개를 숙이고 결과물을 확인한다….

흔들렸다.

뷰파인더를 확인하며 직감한다. 다시는 이런 사진은 찍지 못할 것이다.

평소 머릿속으로 수십 번 그려본 사진인데, 천운처럼 그 장면이 눈앞에 펼쳐졌는데, 그걸 놓쳤다. 스스로가 원망스럽다. 그렇게까지 원한 건 아니라고, 이런 메타포는 또 만날 수 있다고 주문 외듯 스스로를 설득한다.

맞닥뜨렸지만 갖지 못한 장면의 목록은 그렇게 하나둘 늘어간다. 놓친 것에 너무 절망하지 않는 법을 사진가는 배우게 된다. 장면은 또 올 것이다. 물론 똑같은 장면은 오지 않는다.

간절히 원했던 1970년대 가구가 있어 당근마켓에 접속했다.

키워드 등록을 해두었는데 마침내 알림이 울렸다. 4년 전에 처음 보고 홀린 듯 여기저기 뒤져보았지만 도무지 찾을 수 없던 바로 그 의자였다. 다른 의자보다 키가 조금 낮지만 등받이가 길고 둥글며 사람 허리처럼 묘한 커브가 진 독특한 의자였다. 곤충을 닮은 것 같기도 하고 비파를 닮은 것 같기도 했다. 첨예하지만 상냥한 실루엣이랄까. 재작년 어느 가구 전시에서 우연히 만났는데 생각보다 너무 비싸 망설이다 귀가한 뒤로 몇 년째 머릿속을 떠나지 않는 의자… 바로 그 의자가 당근마켓에 있었다.

나는 그때와 비슷한 현기증을 느꼈다. 선뜻 사기엔 역시 너무 비쌌다.

메시지를 쓰기 시작했다.

—안녕하세요. 간절히 찾아온 의자인데요. 조금만 가격을 낮춰주실 수 있을까요. 정말 사고 싶은데

저에게 굉장히 큰돈이라 여쭙니다. 답신 기다리겠습니다.

메시지를 보내고 손에 땀이 났다.

판매자가 메시지를 바로 읽었다. 하지만 답이 오지 않았다….

욕망은 우리에게 이상한 일들을 한다. 원래 내 것이던 걸 잃어버린 사람처럼 온갖 불안감에 휩싸였다. 가진 적 없는 물건에 이렇게 절박해지다니. 저 돈을 주고 저걸 살 상황이 아닌 것은 맞다. 하지만 저렇게 우아한 의자는 아마 다시 만나지 못할 거다. 아무 일도 손에 잡히지 않는다. 어떡하지. 그냥 사겠다고 할까. 미친 척하고 사자. 어쩌면 벌써 다른 구매자가 나타났을 거야. 그러니 서둘러야 해. 하지만 잘 생각해봐. 이건 네가 의자에 써본 가장 큰 금액을 훨씬 웃돌고… 아무래도 무리야. 만 원 이만 원 아끼려고 버스 탔던 밤들을 생각해보라고…. 하지만 이 의자를 10년 동안 쓰게 된다면? 그만큼의 값어치를 하지 않을까? 이 금액을 10으로 나눠봐. 합리적이지 않니?

그래. 사야겠다. 의자 하나에 누가 이런 돈을 쓰냐고 책망당해도 상관없다. 그간 기다려온 시간을 생각했다. 안 사면 평생 후회할 거다.

첫 메시지를 쓴 지 40분 만에 판매자에게 다시

말을 걸었다.

—그냥 제가 구매하겠습니다!!!!!

그가 답신을 보내왔다.

—죄송합니다. 원래 제시한 가격에 구매를 희망하는 분이 있어 그분과 예약을 진행 중입니다.

나는 왜 이렇게 아둔할까… 다시 만나지 못할 걸 알면서….

맞닥뜨렸지만 갖지 못한 물건의 목록은 그렇게 하나둘 늘어간다. 놓친 것에 울지 않는 법을 구매자는 배우게 된다. 아름다운 의자는 또 올 것이다. 물론 똑같은 물건은 거의 오지 않는다, 당근마켓에서는.

중고 제품은 그 특성상 같은 물건을 구할 수 없는 경우가 많다. 시간 때문이다. 시간이 흘렀기 때문이다.

수공예품이 아닌 이상, 어떤 물건이든 어느 시기에는 구하기 그리 어렵지 않은 제품이었다. 하지만 시간은 폐기하게 하는 성질이 있다. 대부분의 물건은 망가지거나 구석에 처박히거나 낡아 버려진다. 당장 버리지 않는다 하더라도 어디 있었는지 기억하지 못하는 물건은 잃어버린 것과 다름없는 상태다. 그렇게 한동안 빛을 보지 못하다가 이사 가는 날 빈집 앞에

덩그러니 남겨지는 물건이 얼마나 많은가. 존재가 망각되는 것은 필요의 감각을 잃는 것. 오래된 물건 대부분은 그렇게 시간에 휩쓸려 가고 다시 만날 수 없게 된다.

시간과 밀접한 또 다른 대상은 사진이다. 사진은 물리적으로 시간을 밀봉하는 매체다. 찍혔기 때문에 남는 표정들, 공간들, 날씨와 시대와 정서들. 지금 살고 있지만 계속해서 과거가 되는, 한 칸씩 밀려나는 시간을 붙잡고 싶었던 인간은 사진기를 만들었다. 지나간 시절로 돌아가게 해주는 여러 형태의 매체가 있지만 사진이나 영상만큼 정확하게 그 일을 하지는 못한다. 여기에서 정확성은 얼마큼 사실적으로 남기느냐에 기반한다. 하지만 같은 사진을 보고도 다 다른 사건으로 기억하기도 하므로 '사실'은 그것을 읽는 주체에 따라 변한다. 시대에 따라서도 변한다. 그러니까 사진이 붙잡을 수 있는 건 시간의 껍질 정도에 불과할 거다. 시간을 거스를 수 없는 사람들이 시간의 표피라도 가질 수 있다면 이 얼마나 축복인가.

사진도 여느 물건과 마찬가지로 시간의 소실성으로부터 완전히 자유롭지는 못한데, 사진 또한 어딘가 보관되어야 하기 때문이다. 인화된 사진도 파일로

저장되는 사진도 물리적인 공간을 차지하기에, 사진 또한 이곳저곳을 전전하다가 자연스럽게 잊히고 바래고 지워진다. 그것을 간직해야 할 이유가 있는 사람들 또한 천천히 사라진다.

그런데도 우리는 계속 사진을 찍는다. 재현 불가능한 순간을 갖기 위해 어떻게든 시간의 표피를 남기는 열망은, 같은 가구를 다시 만나지 못할까 웃돈 주고 50년 된 의자를 사는 사람의 마음과 그리 멀지 않을 것이다.

이 작은 옷은 언제나 나보다 크다

장 봐야 할 채소의 목록을 검토하는 사람처럼 다솔은 당근마켓 앱의 키워드 알림을 소리 내어 확인한다.

"마뗑킴… 고야드… 발렌시아가…."

"발렌시아가? 우산 이름이야?"

미현이 다솔에게 되묻는다.

"스페인 식당 아니야?"

옆에 있던 지은이 덧붙인다.

어이없는 다솔은 눈을 똑바로 못 뜨겠다. 그걸 지켜보던 슬아가 말한다.

"새로 나온 위스키겠지."

다솔은 패션에 관심이 많다. 그러나 다솔의 절친들은 트렌드는커녕 웬만한 브랜드도 모른다.

그의 친구 슬아는 주로 세컨핸드숍에서 옷을 사거나 엄마가 물려준 옷을 입는다. 미감이 없는 것은 아니다. 색의 배합이나 소재를 매치하는 감각이 오히려 뛰어나다고 할 수 있다. 하지만 슬아는 유행에 관심이 없다. 패션 업계에도 무심하다. S/S(Spring/Summer) 시즌, F/W(Fall/Winter) 시즌 패션쇼를 전부 찾아보는 다솔이 "슬짱, 이번 구찌 F/W 쇼 봤어?" 하고 묻자, 슬아는 에프 더블유가 뭐냐고 물은 적이 있다. 그것을 창피해 않는다. 슬아는 다솔과 나에게 이렇게 말한 적도 있다.

"너희가 브랜드를 정해줘. 둘을 신뢰하니까 그것만 입을게."

미현은 웬만한 물건은 당근마켓에서 산다. 물론 의류도 포함되어 있다. 그저 당근마켓 피드를 손가락으로 뚜덤 뚜덤 걷다 예뻐 보이면 n만 원 안에서 살지 말지 고민할 뿐이다. 미현 또한 슬아와 마찬가지로 패션 업계에는 관심 없다. '발렌시아가'를 우산 브랜드라 생각했고 '미우미우'는 고양이 장난감 브랜드인 줄 알았다. 개미를 유독 좋아하는 그는 '당근'에서 개미 프린트 티셔츠만 네 개를 샀다. 그런가 하면 미현은 자신은 볼일이 없으면서도 다솔이 백화점에 가고 싶어 하면 기꺼이 같이 가주었다.

지은은 애초에 왜 외출복을 여러 벌씩 가져야 하는지 의문인 사람이다. 정말 마음에 드는 부츠나 재킷이 있으면 사기도 하지만 그런 일은 드물다. 한편 그는 갖가지 속옷에 관심이 많다. 가장 중요한 옷은 속옷이라고도 생각한다. 지은은 꼼꼼하게 즐거워하며 수십 벌의 란제리를 구매해왔고, 다솔은 그런 지은이 늘 신기했다.

"와, 이런 속옷이… 들어가? 어디부터 넣는 거야? 전신 란제리 옷걸이가 따로 있다고? 이 피스랑

저 피스 같은 거 아니야?"

다솔이 물으면, 외투 두 벌로 겨울을 난 지은이 20분 넘게 속옷 디테일에 대해 열변을 토한다.

옷을 사기 위해 왜 누군가는 백화점에 가고 누군가는 당근마켓을 켜고 누군가는 온라인 쇼핑몰을 헤매는 걸까. 그저 취향의 문제일까.

소비 성향이 너무도 다른 친구들 사이에서 다솔은 조금 외로웠다. 다솔 또한 신상이 나오면 앞다투어 소비하는 종류의 구매자는 아니었다. 다만 "너 그 재킷을 그렇게 입었어? 끝내주는 매치다…!" 같은 종류의 환호를 가끔 주고받고 싶었다. 오늘의 착장을 서로 알아봐주고 호들갑 떠는 것까지가 옷의 경험이므로.

그러다 다솔은 슬아의 남편인 나를 만났다.

나는 좋은 소비에 관심이 많다. 정확히는 아름다운 물건에 잘 매혹된다. 주 관심사는 옷이다. 유년 때부터 그랬다고 들었다. 아침마다 입고 싶은 옷과 양말을 고르다 유치원 버스를 자주 놓쳤다고. 시인이 물욕 많은 게 웃기다는 친구에게 해명하기 위해 쓴 문장은 아니다. 어렸을 때부터 그랬다고….

다솔과 내가 처음 만난 날 나는 1970년대에 출

시된 팔찌처럼 얄쌍한 빈티지 시계를 차고 있었다. 볼드하지만 선이 유려하고 색이 오묘한 고동색 안경과 실버 이어 커프를 매치했다. 다솔과 나는 대화를 시작한 지 얼마 안 가 오랜 친구를 만난 것처럼 신이 났다.

얼마 지나지 않아 자연스럽게 물건에 대한 이야기를 이어갔다.

"다솔, 나 당근에서 우영미 미니 트렁크백 삼. 택도 있는 제품인데 거의 반값에 샀어."

"짱이다, 휜. 우영미는 돈과 안목 둘 다 있어야 살 수 있는 브랜드지. 예쁘더라. 저번에 입고 있던 재킷은 어디 거야? 거의 우주 인간이던데."

"아 그거, 강혁이라는 국내 디자이너 브랜드. 해외에서 인기 더 많음. 나오자마자 솔드아웃. 당근에서 좋은 가격에 겟했어."

"오…!"

바로 그거였다. 다솔이 기다려온 대화. 아무도 시키지 않았는데 둘은 서로의 가방을 살펴보며 '왓츠인마이백'을 하기도 했다(다솔은 지은 앞에서 혼자 가방 속을 공개하고 아쉬워했던 적이 있다. 지은은 다솔이 만일의 상황을 지나치게 열심히 대비하고 다닌다고 생각했다).

뭘 들고 다니는지 궁금해하는 나에게, 다솔은 오늘 별거 없다며 처음 보는 조형의 필통, 러프한 비건 가죽 다이어리, 질감이 재미있는 파우치들, 보이차용 2리터 물통 등 흥미로운 물건을 계속 꺼냈다.

거기서 끝나지 않고 대화는 이어졌다.

"오늘 바지가 너무 예쁘다, 다솔."

"그치? 내 친구가 만든 브랜드야."

"오늘 들고 온 고야드 가방이랑 잘 어울려."

다솔 옆에서 시큰둥하게 듣던 슬아가 드디어 덧붙였다.

"고디바는 나도 알아. 유명한 가방 회사잖아."

고디바는 초콜릿 브랜드다.

패션 애호가들은 떠오르는 브랜드와 상품 가격을 꿰뚫고 있다. 커뮤니티 안에서 그것이 어떤 이미지로 소비되는지 암묵적으로 동의한다. 나도 그 분위기를 알지만 모든 트렌드를 따라가려 애쓰지는 않는다. 주객이 전도되니까.

굳이 분류하자면 나는 이것저것 입어보며 지금의 스타일을 찾은 후천적 드레서다. 패션에 있어 미련한 편에 가까웠다. 프레피 룩도 아메카지 룩도 입어보았다. 힙합에 심취한 룩도 시도해보고 세미포멀과 스트릿을 섞어보기도 했다. 전부 다 시도해보니 어떻게 입고 섞고 싶은지 이해하게 됐다.

내 스타일을 찾는 과정에서 중고로 좋은 옷을 더 좋은 가격에 사는 걸 꺼리지 않게 되었다. 신상으로 사기엔 너무 비싼 옷들이 조금만 기다리면 거의 입지 않았거나 훌륭한 상태로 당근마켓에 올라온다는 것도 알게 되었다.

10~20년 정도를 주기로 패션은 계속 순환한다. 옷은 그 사회, 그 시대가 향유하는 문화와 지역적 특성까지 읽을 수 있는 지표다. 2000년대 초 유행했던 맥시멀한 Y2K 패션과 로라이즈드 진 등은 20년이 지난 지금, 2023년에 다시 핫해졌다. 네다섯 해 전에 유행했던 미니멀 룩이 레트로와 빈티지 룩으로 넘어오면서 화려한 포인트를 추구하는 흐름으로 돌아온 거다. 2000년으로 들어서기 전에는 새 밀레니엄이 오면 세상에 종말이 온다느니, 신통한 고대 예언가에 따르면 2000년 이후 예언은 없다느니, 뒤숭숭한 분위기가 있었다. 결국 아무 일도 일어나지 않았고, 이제 눈치 보지 않겠다는 듯 사람들은 더욱 개성을 추구하며 옷을 만들고 사 입었다.

나와 슬아와 다솔은 어느 날 패션에 대해 본격

적으로 이야기 나누게 되었다. 마침내 슬아가 당근마켓으로 첫 중고 거래를 시도하기로 했기 때문이다.

다솔은 두 팔 걷어붙이고 폰을 꺼내 들었다. 그는 판매자의 집 앞까지 찾아가는 수고를 하더라도 좋은 물건을 싼 가격에 사는 데 일가견이 있었고, 슬아에게 "제발 너의 겨울옷을 내가 고르게 해달라"고 할 만큼 친구의 패션에 개입하고 싶었다.

슬아가 그동안 중고로 옷을 사지 않았던 건 소통이 귀찮았기 때문이다. '네고'를 하고 하자가 있는지 찾아보는 게 수고라고 생각했다. 물건을 찾는 데 드는 시간까지가 비용이니까. 그러나 당근마켓으로 꽤 많은 물건을 거래하는 나와 다솔을 오래 지켜보며 마침내 시작하기로 한 것.

"일단 키워드 알림에 그 브랜드를 등록해둬. 언제, 누가, 그 아름다운 물건을 감사한 가격에 내놓을지 몰라. 급하게 돈 필요할 때 나도 그런 적 있어."

다솔이 말했다.

몇 개의 키워드 등록을 마치기 무섭게, 알림이 울렸다. 유명한 온라인 쇼핑몰에서 슬아가 찜해둔 셔츠가 올라온 거다. 두세 번 실착했다는데 반값이었다. 슬아는 바로 메시지를 보냈다.

—안녕하세요, 제가 구매하겠습니다!

다솔과 나는 판매자의 기존 거래 후기와 다른 물품 등을 미리 살펴야 한다고 알려주었다.

"'배송이 빨라요', '알려주신 것과 상태가 같아요', '친절한 분께 좋은 물건 샀습니다' 이런 후기가 다섯 개 이상 쌓여 있는 분이라면 대체로 신뢰할 수 있어."

슬아는 그제야 판매자가 올린 다른 상품들을 살펴보았다. 자신과 취향은 다르지만 여러 브랜드의 옷을 좋아하고 실험하는 게 느껴진다고 했다.

"뭘 들이시려고 내보낼까?"

얼굴도 모르는 타인이 새것을 하나 사기 위해 가지고 있던 걸 내놓는 모습을 슬아는 떠올려보았다. 한정된 자원 속에서 우리 모두가 하는 그 일을. 인류는 이미 너무 많은 물건을 생산했으므로 덜 소비하면 좋겠다고 생각해온 슬아였지만, 아무렴 새 쓰레기를 만들지 않고 타인에게 파는 것은 바람직하다.

다시 알림이 울렸다.

—네, 감사합니다. 아래 계좌로 입금해주시고 주소 알려주시면 오후에 배송하겠습니다. (-:

"뭐야, 이렇게 간단해? 이게 다야?"

"다야."

"정말 편리하구나."

생각보다 더 친절하고 안전한 그 경험 때문에 슬아는 당근마켓 앱을 전화기 첫 화면 자주 보이는 자리로 옮겨두었다. 그리고 같은 달, 필요한 옷을 몇 벌 더 샀다.

"너희가 왜 당근 하는지 알겠어. 나도 가끔 여기서 살 것 같아. 근데 지난번에 다솔이가 말했잖아, 패션도 언어라고. 패션은 내가 유창해지고 싶은 언어는 아닌 것 같아."

슬아의 말에 다솔이 고개를 끄덕였다.

"나도 사실 화려한 걸 좋아한다고 말해왔지만 내 언어를 아직 온전히 이해하지 못한다고 느껴. 수수하거나 클래식한 디자인을 입으면 왠지 못생겨지는 것 같아. 화려한 스타일을 입자니 대체로 너무 비싸. 그래서 요즘엔 옷을 어디서 사야 할지 모르겠어. 딜레마지."

패션에 자신만만해 보였던 다솔도 여전히 자기 언어를 찾고 있다는 걸 슬아는 처음 알게 되었다. 소비는 취향을 타기도 하지만 유행과 자본에 따라 달라지기도 한다는 사실도 새삼 다시 기억해냈다.

다솔의 말이 맞다. 개인의 취향이나 선호와는 별개로 옷 선택은 돈과 연결된 경우가 많다. 보통은 디자이너 브랜드가 어떤 풍의 디자인을 선점하고 스파(SPA) 브랜드나 대중성을 노린 회사들이 그 디자인의 틀을 따라간다. 물론 전부 그런 건 아니다. 티셔츠 한 장에 50만 원을 쓸 수 없는데 비슷한 느낌은 원할 경우 하위 호환의 비슷한 옷을 사는 경우가 흔하다. 유행을 빠르게 따라가려 하면 어떤 식으로든 돈이 드는 이유다. 그런 맥락에서 패션은 사회적이고 경제적인 계급처럼 작용한다.

스타일은 시간이 드는 일이다. 구축한다는 말이 어울리는 과정이다. 해서 당근마켓 같은 시장이 중요하고 세컨핸드숍이 중요하다. 경제력에 크게 구애받지 않고 접근 가능한 옷가지를 확보해서 사람들 사이를 좁혀주는 다리처럼 기능하기도 한다.

"다 사지 못하더라도 많이 입어보고 중고 거래로 사다 보면 어떤 방식으로 꾸미고 싶은지 알게 되잖아."

내가 말하자 다솔이 덧붙였다.

"맞아, 어떻게 보이고 싶은지 이해하게 되고."

우리를 우리 되게 하는 스타일을 만나는 과정일 것이다.

그 시기를 지나는 동안 기존 것을 전복하는 해체주의도, 오래 사랑받은 클래식도 누리면 좋겠다. 그 모든 것이 잠정적일 수 있다는 사실도 기억했으면 좋겠다. 패션이 순환할 뿐 아니라 우리가 계속 움직이니까. 영어에서 '동시대적인'을 뜻하는 단어는 컨템퍼러리(contemporary)다. 함께를 뜻하는 접두사 'con'과 일시적인을 뜻하는 'temporary'가 모여 만들어진 거다. 그러니까 한 시기를 지나가는 모든 것의 총합이 곧 동시대적인 것일 수도 있다.

색채 회사 팬톤은 매년 '올해의 색'을 선정한다. 색이 공표되면 패션 관계자들은 여기에 저마다의 브랜드에 어울리는 변주를 더해 계절별 신상품을 만든다. 해서 같은 시기 패션 업계는 비슷한 흐름을 피할 수 없는데, 서로를 계속 지켜보기 때문이다. 서로를 이해하려 애쓰기 때문이기도 하다. 달라야 하면서도 공존하는 업계의 관계 방식이다.

옷을 고르는 우리 또한 비슷하게 서로를 바라보고 이해하고 참조한다. 나에게 옷은 언제나 천 쪼가리 그 이상이다. 몸을 가리고 꾸미는 것 이전에, 옷은 언제나 크고 작은 시대의 현상을 드러내 보인다. 돈과 옷과 인간 사이의 복잡한 역학을 주목하며 그때그때 살 수 있는 옷을 입어보고 또 내보내며 살고 싶다. 그렇게 오가다 마주치는 당근마켓 사람들과 세컨핸드숍 사람들과 나의 친구들, 다솔 지은 미현 슬아도 그 과정이 기뻤으면 좋겠다. 이 작은 옷은 언제나 우리보다 크니까.*

* 줌파 라히리의 책 『이 작은 책은 언제나 나보다 크다』의 제목을 변용했다.

정릉 커뮤니티의 일들

초등학생 땐 한 동에 열 세대가 사는 작은 아파트에 살았다. 친하지 않아도 앞집에 살면 걔네랑 어쩌다 자전거도 타고 축구도 하고 실뜨기도 하고 집에 가서 밥도 얻어먹고 그러다 그 시절에 중요한 친구가 되었다. 가끔은 걔들도 우리 집에 와서 밥을 얻어먹고 갔다. 우리 엄마와 대식이 엄마는 시장에 함께 갔다. 나와 대식이가 따라갈 때도 있었다.

동네에 속해 있다는 느낌을 받은 지 오래되었다. 아내를 만나기 전까지, 대체로 혼자 일하고 혼자 밥 먹고 혼자 시간을 보냈다. 타인을 들이는 일에 조심스러워졌다. 한동안 폐점을 앞둔 식당처럼 살았다. 이런 나도 가벼운 인사와 안부 속에 둘러싸이고 싶은 날이 있었다. 이제는 아내와 함께 살며 찬찬히 이웃을 늘리는 중이다.

나의 동네는 어디까지일까. 무엇이 나와 이웃의 공통의 반경을 만드는 걸까.

당근마켓에는 '동네생활'이라는 게시판이 있다. 어떤 날은 여기 게시물을 읽다가 하루가 다 가버린다. 처음 둘러볼 땐 1990년대 이웃들이 전부 인터넷으로 공간을 옮겨 거기 사는 줄 알았다. 만난 적 없지만 가까이 거주하는 이들이 온갖 이야기를 나누고 있었다. 친구를 만날 준비가 된 것처럼, 그렇지만 친구가 되지 않아도 괜찮은 것처럼, 사람의 선의를 아직 능동적으로 믿는 것처럼. 아직도 이런 데가 있다니, 이거 하이텔 시절 이야기 아닌가?

사소하고 또 긴급한 대화들이 거기서 일어났다. 이 사람들은 어떻게 서로에게 기꺼이 도움을 주고 개입할까. 이곳은 어떻게 동네 사람들이 모이는 주소지가 되었을까.

2023년 3월 당근마켓에서 목격한 동네생활 게시글과 댓글을 내 나름대로 수집, 정리해보았다. 쑥스러워서 직접 달지 못한 댓글이나 나의 짧은 생각을 여기 덧붙여본다.

동네사진전

정릉천에 식구가 늘어났어요 ^^
천둥오리가 새끼 11마리를 데리고 나들이 나왔습니다.

청둥오리가 올바른 표기지만, '천둥오리'에 훨씬 더 마음이 간다. 머리에 작고 노란 번개 모양의 뿔

이 달려 있을 것 같다.

청둥오리 가족 사진의 배경은 정릉천이다. 걸을 때마다 나도 청둥오리 한 쌍을 보곤 했다. 걔들이 새끼를 가졌구나! 내가 모르는 사이에도 세상은 흘러가고 온갖 귀중한 생명이 짝짓기를 하고 새끼를 열한 마리씩 낳는다.

인간이 한 번에 열한 명씩 아기를 낳는 무섭고 엉뚱한 상상을 하다 나처럼 정릉천을 걷던 동네 주민이 오리의 안부를 전하는 마음을 생각한다. 왠지 뭉클하다. 비인간동물도 정릉천의 식구라 부르며, 우리 중 하나로 봐주어서. 사실 우리보다 오리들이 여기서 먼저 살아왔을 것이다. 그러니까 그들이 우릴 인정해주는 게 맞다. 오리들도 작은 인간동물을 보며 비슷한 생각을 할까? '어? 우리 동네에서 못 보던 인간이다! 우리 동네에 새 식구가 생겼다!'

생활정보

어떻게 할까요?

앞머리가 점점 없어지고 있습니다… ㅜㅜ

아직 빠지지 않지만, 나 또한 탈모가 올까 봐 언제라도 준비되어 있는 성북구 주민이다. 아버지께서… 선택받으셨기 때문이다. 그럼에도 불구하고 아버지는 수건을 얇게 말아 한쪽은 고정하고 다른 손으로 선풍기가 지나가듯 탈탈 털어가며 머리를 말린다. 얼마 안 남은 머리도 다 빠지겠다고 어머니가 말려도 소용없다. 아무튼 머리를 잘 말리는 게 중요하다고 들은 적 있다. 혈액이 잘 도는 것도 중요하다길래 셀프 두피 마사지도 빼놓지 않는다. 어쨌거나 가장 해로운 건 스트레스라고 하니 마음이 아플 때마다 머리숱을 지키는 마음으로 낙관하는 게 중요하다. 생각하자니 두렵고 조금 스트레스 받는다. 그러니 이쯤에서 그만… 부디 우리가 우리의 털을 잘 사수하기를….

분실/실종센터

동그라미 친 장소에서 주운 네이비색 폴로 지갑
옆미용실에 맡겨두었습니다!

댓글

사진에 나온 미용실 머리 잘 깎나요?

길에 떨어진 지갑을 그냥 지나치지 않고 고이 주워서 길옆 미용실에 지갑을 맡기고 게시판까지 찾아와 알려주다니(맡아주신 미용실 원장님도 정겹다). 내가 큰 기업 회장이었다면 당근마켓 동네생활에서 인재를 찾아 채용했을 거다. 하나만 봐도 열을 알 수 있다고, 저분이 얼마나 정직하게 일할지 그려지지 않는가.

댓글 단 분에게도 감탄한다. 남들이 다 지갑에 주목할 때 저분은 어떻게 저렇게 작게 보이는 미용실 이름을 알아보고 질문할 수 있지? 좋은 헤어컷이 필요한 분임에 틀림없다. 저분께는 나의 동네 정보력을 몽땅 끌어모아 대댓글을 달아드리고 싶다.

동네소식

가방끈 늘리고 싶은데 가방 수선집에서 해주나요? 오늘 택배로 받았는데 가방에 비해 끈이 너무 짧아서요.

이런 건 별거 아니지만 은근히 중요한 문제들이다. 타 플랫폼은 조금 더 거리감이 있는 타인이 대답

해주는 느낌이라면, 당근마켓은 근처 사는 이웃이 나의 일에 밀착해 개입해주는 기분이 든다. 덕분에 유용한 공간을 실제로 많이 알게 된다. 지역 기반 플랫폼의 장점일 거다. 나도 애매한 길이의 가방이나 벨트를 헐값에 팔았던 적이 있다. 당근마켓에 물어볼걸.

동네질문

여자이고요, 같은 동네에 사는 동성 친구 구해요!
이사 오고 주변에 친구가 없어서 퇴근하고 만나고 그럴 친구 있음 좋겠어요. ㅠㅠ

혼자 떨어져 살 때는 서울에만 살면 누구든 보고 싶을 때마다 만날 수 있을 거라고 생각했다. 온라인으로 보았을 땐 다들 함께인 듯 보였으니까. 합정과 망원, 상수가 광화문으로부터 얼마큼 떨어져 있는지, 왕십리가 청담과 몇 정거장 거리인지 몰랐던 나는 이 도시를 처음부터 다시 배우고 있다.

마침내 서울로 돌아온 첫해, 동네 친구를 간절히 원했지만 시도조차 안 하고 지레 포기했던 기억이 난다. 동네 친구를 찾아 나선 저분이 얼마큼 용기 내었을지 그리고 그 글을 당근마켓 동네생활 게시판에 올리기까지 얼마큼 절박했을지 떠올리게 된다. 그리고 그 용기에, 절실한 요청에 응답한 여러 사람들의 반응에 나도 덩달아 용감해지는 것 같다.

생활정보

안녕하세요.
고양이에 푹 빠져서 키우고 싶다고 계속 부모님께 조르는 중이에요. 어떻게 해야 허락받을 수 있을까요?
고양이 키우면 좋은 점과 나쁜 점 알려줘요.

댓글

고양이 키우시면 강아지는 눈에 안 들어옵니다.
매력덩어리예요. 단점은… 털 날림이죠. 항상 털을 뿜어낸다고 생각하시면 됩니다.
장점: 1.귀엽다 2.이쁘다 3. 사랑스럽다
단점 : 1.털 2.털 3.털
기타: 반려동물은 아프면 병원비가 꽤 많이 발생하므로 경제적인 부분도 충분히 고려하셔야 합니다. 책임감 없이 단순 흥미로 입양하면 늙고 병들거나
중증질환으로 병원비 감당이 안 될 경우 방치하거나

유기하게 됩니다.
한 생명을 맞이할 때는 진짜 가족이라고 생각하고
책임감 있게 결정하시기 바랍니다.

귀엽다는 이유 하나만으로 입양되었다가 몇 주 만에 버려지는 고양이들을 길가에서 볼 때, 내 식구가 된 고양이 자매 숙희와 남희의 얼굴이 떠오른다. 고양이라는 생명을 들이기 전에 묻는 사람에게 고맙다. 비인간동물과 가족 되는 양상을 자세히 안내하는 사람도 고맙다. 질문 올린 분은 책임지지 못할 반려묘를 덥석 들이는 대신, 느슨한 공동체에 조언을 구한 덕에 고양이와 함께 사는 일에 대해 좀 더 객관적으로 생각할 수 있었을 것이다.

동네사건사고

못 나는 비둘기 어디다 신고해야 하나요?
어젯밤부터 계속 이 자리에서 못 날고 있는데 비둘기
구조하는 곳이나 구조 가능한 분 계신가요??
사진은 오늘 아침 8시경 그리고 조금 전입니다.

댓글

구청 야생구조대에 신고하세요.
아마 유해조류라 별도 조치 없을 듯합니다만. ㅜㅜ

무얼 던지거나 공격하는 사람 때문에 다치는 비둘기가 종종 있다. 그런 경우가 아니길 바란다. 나는 비둘기를 막 대하는 사람들이 밉다. 특히 발길질하거나 돌을 던지거나 하는 사람들에게 묻고 싶다. "길 지나다 비둘기가 이런 육시랄, 하고 욕하였나요? 날개로 뺨을 때렸나요?"

한편 이 상황에서도 유머를 찾고 싶기에 다른 상황도 상상해본다. 비둘기는 다치지 않았다. 그저 그 자리에 오래 있었을 뿐이다. 비둘기라고 늘 날지는 않는다. 날개가 있어도 가만히 있고 싶을 때가 있을 거다. 우리도 다리가 있고 뛸 수 있지만 항상 달리고 있지는 않으니까. 혹시 집에서도 산책할 때도 회사 갈 때도 심지어 지금 이 글을 읽을 때도 뛰고 계시는 분이 있다면, 제가 잘못했습니다.

일상

친구를 구합니다!

안녕하세요. 딸을 셋 둔 아빠입니다. 48살이고요. 서울 생활 4년 차인데 아는 사람이 없네요. 시골 친구가 그립습니다.

댓글

딸 세 분이랑 놀면 되지 않을까용? ^^

저도 이 동네 생활한 지 40년 차는 되는 거 같은데 동네 친구 없어요.

35살도 되나요? 물론 형님 동생으로요.

언제 시간 되시나요?

장위동에서 자취하는데 간단하게 한잔하면서 이 얘기 저 얘기 나누실 수 있을까요? 아니면 야외 영업집도 좋아요. 하지만 제가 술값을 낼 여유가 없어서요. 나중에는 반드시 드릴 수 있어요. 시간이 좀 걸리겠지만요. ㅠㅠ

한잔할까요? 석계역 올 수 있나요?

네, 갈 순 있어요.

8시 30분에 볼까요?

네 그때 뵐게요!

010-****-**** 저 지금 나가요.

010-****-**** 저도 장위동에서 나가요.

타국에서 온 사람뿐 아니라 타지에서 서울로 온 사람들 또한 일종의 디아스포라적 감각을 겪으며 산다는 걸, 친구들과 이야기하며 어렴풋이 알게 되었다. 언어도 문화도 같지만, 커다란 도시에 섞여 들지 못한 채 자신만 '여기'가 아닌 '저기'에 있다고 느낀다고. 학업, 취업, 아이들 교육, 그 밖에 서로가 다 알 수 없는 각자의 사정 때문에 살던 곳을 떠나온 사람들이 새 자리에 적응하는 데 걸리는 시간은 얼마나 될까.

이날 두 분은 만나서 어떤 이야기를 나눴을까?

동네 친구가 되었을까?

분실/실종센터

잃어버린 반려견 찾아요.
비글 암컷(중성화 ○), 8살
3월 5일 오전 11시 ○○동 ○○교회 근처에서 분실
사진보다 털 많고 뛸 때 왼쪽 다리를 접습니다.

댓글

앗… 아까 비글 아가 목격했다는 글 올라왔었는데요.
다리를 전다고… 이 아이 맞는 거 같은데 ㅜㅜ 어디서
헤매고 있을라나? 걱정이네요. ㅠㅠ

가족의 행방을 놓쳐본 사람이라면 짐작할 수 있다. 자신에게 가장 중요한 세계가 무너져 내리는 표정을. 반려묘 두 마리를 세 시간가량 목이 쉬도록 부르며 찾았던 겨울이 기억난다.

잃어버린 반려견을 찾는 이 게시글에 달린 댓글을 읽어 내려간다. 언급된 위치 주변에서 본 걸 시간

대별로 공유하는 사람들, 응원들, 자기 경험을 반추하며 안타까워하는 댓글이 많았다. 이렇게까지 공동체구나. 일면식 없는 목격자가 제보하고 다급히 연락처를 건네기도 하는 이 커뮤니티 한복판에 '동네생활'이라는 확성기가 있어 고맙다.

내 친구 안담 작가는 말했다. 우리 본능 중에는 분명 '돌봄'도 있다고. 잃어버린 반려견을 무사히 찾았다는 소식 만큼이나 나는 그 많은 사람이 이 대화에 참여했다는 걸 기억하고 싶다.

그 밖에도 "약과가 너무 먹고 싶어요 ㅠㅠ"라고 하소연하거나 "우리 동네에도 ○○이 생겼어요~" 하고 알리거나 "방금 도봉산 정상에 다 올라왔어요" 하고 자랑스레 사연을 올리는 사람들이 있다. 동네 사람들이 줄줄이 댓글을 단다. 약과가 먹고 싶다는 이에게 맛있는 동네 떡집을 추천해주고, 새로 생긴 명소에 함께 신나하고, 산 정상에 오른 뿌듯함을 공유한 이에게 칭찬을 보내는 것 모두 비슷한 마음에서 시작되었을 것이다. 보여주고 나누고 연결되고 싶은 마음.

사진까지 찍어 올리며 익명의 이웃들에게 자신의 하루를 공유하는 모습은 조금 귀엽다. 오프라인보다 온라인에서 조금 더 연결된 우리가 나누는 현대식

우정의 현장 같다. 그날 필요한 유대가 그렇게 일어나고 또 시작된다. 동네 생활이 그렇게 시작된다.

입에서 입으로

마침내 행사장에 들어서자 백여 개의 고유한 컵과 아름다운 화병들이 영롱하게 펼쳐져 있고 나는 너무 걱정이 됐다. 내가 이걸 다 못 살까 봐(물론 다 살 돈이 나에게는 없다).

흥분한 나를 보고 아내는 말했다.

"기억해. 세상에 물건은 많아."

그러나 내 호흡은 가빠졌다. 처음 보는 디자인들인데 하나같이 근사했다. 색감도 오묘하게 달랐다. 대체 어디 숨어 있었던 거야? 세컨핸드여서 가격까지 저렴했다. 다들 그걸 알았는지 행사가 시작된 지 5분도 안 되어 수십 명의 손님이 분주히 컵을 골라 담고 있었다.

수박색 물컵, 찰랑이는 물결이 그대로 느껴지는 진파랑 화병, 나무껍질 같은 찻잔, 처음 보는 패턴에 그러데이션이 있는 연둣빛의 유리병…. 갖고 싶었다. 전부 갖고 싶었다. 너무 많은 아름다움이 한자리에 모여 있으니 혼이 나갈 것 같았다. 아드레날린이 과다 분비되어서 어지럽기까지 했다.

어쨌거나, 빨리 움직여야 했다. 20평 남짓 되는 공간을 훽훽 스캔하며 도사처럼 움직였다. 당장 챙겨야 할 컵들 먼저 손에 쌓기 시작했다. 내 손이 모자라 보였는지 직원분이 조용히 트레이를 쥐여주고 갔다.

애석하게도 그 순간에도 많은 사람이 컵을 챙기고 있었다. 어깨와 어깨가 닿을 만큼 밀집해 있지만 우아함을 잃지 않은 표정으로 최대한 빠르게 손을 뻗어 물건을 사수하는 사람들의 광경이었다.

선포하고 싶었다.

"동작 그만…! 여기 있는 거 제가 다 사기로 했으니 손 떼세요!"

간혹 판매 현장의 물건을 깡그리 다 사 가는 사람이 있는데, 그 행위를 '아도친다'고 부른다. 아도칠 재력이 없는 나는 그저 예산보다 무리하게 담았다.

한 시간의 황홀한 혼돈이 지나가고 내가 고른 컵과 화병을 계산했다. 당근마켓에서 탑 셀러들이 오프라인 플리 마켓을 열면 아마 이런 풍경이 펼쳐질 거라고 생각했다. 모두 '춘우장'이라는 이름의 플리 마켓이 열린 '텍스처 온 텍스처' 매장에서 벌어진 일이다.

구매를 마친 뒤 잠시 인파를 벗어나고 싶어 창가 쪽으로 갔다. 그러다 볕을 맞으며 이 현장을 흐뭇하게 지켜보는 중년 여성 한 분과 눈이 마주쳤다. 이렇게 많은 아름다움을 초연하게 관망하시다니. 도 닦는 분인가? 물욕이 아예 없거나….

그는 이 모든 컵과 화병의 주인이었다.

"도대체 이걸 다 어떻게 팔기로 하셨어요? 저라면 못 팔아요."

내가 묻자 그는 웃으며 말했다.

"마음이 쌓인 물건들인데 어떻게 쉽겠어요. 처음엔 아까웠는데… 팔아야 또 새로 사지."

한 수집가가 30년 가까이 쏟아부은 시간 때문에 구매자 수백 명이 이 같은 황홀을 누릴 수 있다니. 그제야 놀라운 현장인 걸 깨달았다. 재화를 거래하는 판매이긴 하나, 오랫동안 아껴온 컬렉션을 타인에게 내놓는 게 처음엔 이해가 잘 되지 않았다. 깊이 품어 보았기 때문에 내어줄 수 있게 되는 건가?

그로부터 얼마 뒤 파주에 사는 이야기 장수가 정릉 고개를 넘어 우리 집을 방문했다. 그는 무언가 잔뜩 들어 있는 캐리어 가방을 들고 다닌다. 가방 안에 뭐가 있는지는 그만 안다.

어디서도 본 적 없는 화려한 안경과 모자를 쓰고 등장한 이야기 장수는 이연실 대표다. 출판사 '이야기장수'에서 에세이와 소설과 그래픽노블을 만든다. 그리고 극이 될 만한 이야기의 판권을 제작사에 판다. 수백 개의 컵을 모았거나 흰 삼베옷 입고 보따리를 머리에 얹고 다니는 자만 장수는 아니다.

이연실은 자신이 만들었거나 만들고 있거나 앞으로 만들게 될 책에 미쳐 있다. 원고를 아낀다는 말로는 모자란다. 그의 SNS에는 매일 이 책을 왜 사야 하는지에 대한 글이 원고지 10매 분량으로 올라온다. 자신이 만드는 책의 훌륭함을 알리고 싶어 마감이 어려운 신문 기고도 마다 않는다. 어떤 화두가 나오든 자신이 만든 책과 연결 지어 생각하고, 책을 통해 세계를 보고, 책을 만들면서 감탄한다. 그렇게 완성된 책이 세상에 나오면 널리 알리고 전하다가 또 감탄하고 감탄한 걸 자랑하고 그것에 대해 인터뷰하거나 칼럼으로 쓰기도 하면서 책 사랑하는 일을 성실하게 반복한다. 책에 모든 것을 건 사람처럼 한다.

저만큼 열렬한 출판사 대표라니. 그런 사람이 내 편이면 얼마나 좋을까. 이연실과 작업 중인 작가들을 보며 생각한 적이 있다.

시간이 지나 우리는 친구가 되었다. 그리고 내 나름대로 이연실의 동력을 알게 되었다.

판매 실적도 보너스도 최고의 편집자라는 영예도 중요하겠지만, 무엇보다 그는 이야기를 아낀다. 찬탄할 줄 안다. 이 이야기가 왜 소중하고 꼭 필요한지 휩쓸리듯 설득된 사람이 이야기를 가장 잘 팔 수 있는 것이다. 모든 장수가 그렇겠지만 이야기 장수는 특히 그렇다. 부지런히 발품을 팔면서 다음 이야기를 찾아다니는 애정, 계속해서 반하는 능력, 시간이 지나도 기억하는 재능, 그리고 나만 알지 않기로 하는 너그러움까지. 이런 자질을 가진 사람들은 필연적으로 이야기 장수로 산다.

오랫동안 내가 컵을 애호해온 건 지극히 개인적인 물건이어서다. 사용할 때마다 입에 닿는 물건 아닌가. 우리는 매일 몸으로 우리 아닌 것들을 들인다. 몸에 무언가를 들이는 행위만큼 내밀한 게 있나.

이야기 또한 입에서 시작된다. 입을 떠난 이야기는 듣는 사람을 통과하며 새로워지고 생명을 얻거나 시든다. 이야기의 속도와 호흡, 동원되는 단어, 이야기가 멈추는 자리. 이야기 안에서는 우리를 들킬 수밖에 없다.

이연실을 만나니 춘우장에서 마주친 분이 생각났다. 30여 년 동안 컵과 화병을 계속해서 찾고 들이고 아꼈을 모습이 그려졌다. 그렇게 들인 아름답고 소중한 것을 혼자 움켜쥐지 않고 놓아주기로 선택한 건 좋음이 내 반경에만 머물지 않고 여러 사람에게 전해지길 바라는 마음이었겠다. 그날 나는 그렇게 컵과 화병과 함께 이야기를 샀다.

‘올해의 당근인’ 인터뷰

서울시 성북구에 거주하는 장복희 님 슬하에는 작가이면서 출판사를 운영하는 딸과 밴드맨인 아들이 있다. 2019년, 딸의 출판사는 '올해의 루키출판사'로 뽑혔고 아들의 밴드는 'EBS 올해의 헬로루키 우수상'을 받았다. 한편 그해 장복희 님은… '올해의 당근인'으로 선정되었다. 그에게 당근마켓과 소비 생활에 대해 묻고 들었다.

안녕하세요. 인터뷰에 응해주셔서 감사합니다.
초대해주셔서 감사하죠. 제가 뭐라고.

우선 수상을 축하드립니다. 첫 당근 거래 기억하시나요?
첫 거래… 가물가물한데요. 2017년이었나. 그때만 해도 온라인으로 중고 거래하는 게 좀 무서웠어요.

아무래도 그렇죠. 어떤 사람이 나올지 모르고, 물건을 못 받을지도 모르고. 당근마켓 생기기 전에는 본인 인증도 허술했으니까요.
맞아요. 모르는 동네에 갈 땐 거래 시간도 신경 쓰이고요.

쓰던 물건을 구매하시는 건 괜찮았나요?

네, 저도 구제 옷가게를 오래 한 경험이 있고요. 또 중고로 사는 건 원래 좋아했어요. 딸이 초등학생일 때부터 구제숍에 같이 다녔어요. 다른 사람이 입었던 옷이라는 찝찝함은 없었고요. 잘 빨아 입으면 되니까요. 지금처럼 유행이 빨라지기 전부터 구제숍엔 상태 좋은 물건이 많았어요. 새거나 다름없는 옷이 얼마나 많이 버려지는지 몰라요.

그렇죠. 중고 가게로 유입되는 게 아니면 전부 쓰레기가 되는 거잖아요. 엄청난 양의 패브릭과 실, 가죽, 플라스틱, 단추⋯.

저도 늘 미안한 마음이 있어요. 가능하면 새로 만든 것 말고 한번 세상에 나온 걸 다시 쓰며 살고 싶어요.

옷 살 땐 어떤 스타일이세요?

많이 입어보고 고민도 많이 하는 사람들 있죠. 그중 하나였어요. 여러 벌 입어보고 스스로 묻기 시작해요. 이미 가지고 있는 옷이랑 겹치지 않는지, 스타일이 나와 맞는지, 혹시 기분 때문에 사는 건 아닌지 생각해보고 열 개 중 한두 개만 사왔네요. 지금 생각하면 가게 주인께 죄송한걸요. 그래도 직접 입어보고 만져보고 고르는 게 중요했어요. 당근 거래가 망설여졌던 건 입어보고 살 수 없어서였어요.

옷 고를 땐 무엇이 가장 어려웠나요?

가슴 사이즈 안 맞는 거요. 같은 66사이즈라도 가슴 부분 핏이 옷마다 다르잖아요. 그래서 온라인 거래는 안 했어요. 그러다 친한 언니가 구제숍 말고 당근마켓에서 옷을 전부 구매한다는 걸 듣고 앱을 깔았죠.

그때부터 온라인으로 옷 구매하시는 요령이 생겼군요.

맞아요. 경험이 쌓이니까 치수도 미리 물어보고. 요즘엔 먼저 정보란에 전부 세세하게 써주시더라고요.

어떤 물건을 주로 사시나요?

가리지 않고 사요. 식탁도 샀고요, 식기, 옷걸이, 화분… 당근에서 안 산 게 없어요.

그래도 제일 많이 산 건 옷이네요. 딸 옷 사주고 싶어서 좋은 옷 많은 동네에 들르면 동네 인증해 오기도 해요.

초창기에는 새로 사기 부담스러운 제품들 위주로 구매했어요. 패딩이나 코트, 무스탕, 캐시미어 모자들요. 그런 시절도 있었거든요. 친정 엄마 무스탕 하나 사드리려고 큰언니 얼마 막내 얼마, 이렇게 온 가족이 돈을 모아서 큰맘 먹고 선물하던 시절요. 이제 동물성 가죽은 지양하지만 그땐 백화점 가격 10분의 1로 좋은 옷을 살 수 있다는 게 고마웠어요. 흥분한 채로 남편에게 전화한 적도 있어요. "자기야, 온라인에 이상한 가게가 있어… 아 가게가 아니라 이걸 뭐라 그래… 웹사이트? 아무튼 백화점에서 이삼백만 원 하는 무스탕인데 여기서 10만 원이래."

남편분 옷도 많이 사드렸나요?

카고바지랑 셔츠랑 가방 등 좋은 물건을 많이 샀죠. 이제는 남편이 중고 거래를 더 좋아해요. 카메라 가방만 두 개나 있는데 엊그제 또 알아보던걸요….

따님 옷은 어떻게 골라주시죠? 엄마와 딸의 미감이 일치하기 어렵잖아요.

제가 구제 옷가게를 오래 하면서 옷을 많이 다뤄본 경험 때문에 브랜드만 봐도 디자인 특성이나 원단의 질, 마감 상태 같은 걸 어느 정도 알아볼 수 있어요. 당근마켓에도 고급 브랜드 제품이 심심찮게 올라와요. 그치만 대체로 44나 55 정도의 작은 사이즈 매물이 많아요. 그런 옷들은 제 어깻죽지에 들어가기나 할까 싶을 정도로 작은데요. 딸아이에게는 맞는 사이즈가 많아서 신나게 고를 수 있죠. 엄마가 사주는 옷을 좋아할까 싶었는데, 골라주는 것마다 잘 입더라고요. 이거다 싶은 물건을 발견하면 딸한테 바로 알려요. 그럼 딸이 부리나케 입금하죠.

사주신 옷을 보니 안목이 대단하세요. 이런 걸 다 어떻게 찾았지 싶어요. 구매할 때 네고를 잘하시는 편인가요?

네고라기보다… 진심을 다하는 스타일이에요.(웃음) 그러니까 무슨 말이냐면요. 무리하지 않는 선에서 최대한 조심스럽고 다정하게….

그렇게 해도 잘 안 되던데….

나름의 룰이 있는데요. 너무 싸게 내놓은 건 네고를 안 하고 가격이 좀 있는 제품들은 정중하게 물어요.

혹시 공유해주실 수 있는 채팅 내역이 있나요?

(장복희 님이 보여준 채팅창엔 이렇게 써 있다.)

안녕하세요.

좋은 물건 판매해주셔서 정말 고맙습니다.

제가 집을 작게 옮기고 이사를 하면서 이것저것 당근으로 구매하다 보니 지출이 많네요….
이왕 마음 쓰신 것이라면 쪼금만 더 써주셔서 7만 원 어떠실까요? 괜찮으시면 바로 입금하고 빠르게 가지러 가겠습니다.
시간 내어주셔서 감사합니다. +_+

부드럽고… 강경하군요. 저도 배웁니다….

옷 거래를 할 때 주로 동네 주민센터 앞에서 만난다고 말씀해주셨잖아요. 왜죠?

초창기 경험 때문이에요. 코트와 반부츠를 거래하고 싶어 연락을 드렸더니 주민센터 앞에서 만나자고 하시더라고요.
만났죠. 옷들 확인해보니 너무 예뻐서 실착도 안 해보고 그냥 가져오려고 했어요. 그런데 아주머니께서 보기만 해선 모른다고 얼른 입어보라고 하셨죠. 주민센터 앞에서 만나자 하신 이유가 다 있다고요. 안에 거울이 있다고 안내까지 해주시더라고요.
착용할 때 뒤에서 입혀주시고 신발도 꺼내 신겨주시고요. 들어가서 전신 거울도 보고 오라 하시고. 엄마처럼 해주시는 거 있죠.
입고 나와서 거울 보는 제 모습이 어찌나 웃기던지.

거기가 옷가게인 양, 주민센터 거울 앞에서 패션쇼도 잠깐 했지 뭐예요.

옷 사러 갔다가 그런 분을 만나다니. 어리둥절했을 것 같아요.
맞아요. 그분 인상착의랑 말투도 기억에 남아요.

어떠셨는데요?
연세가 있으셨는데 세련된 트레이닝복을 입고 오셨어요. 기성복을 여기저기 자르고 재봉틀로 핏을 다시 만지셨더라고요. 리폼해 입으시는 게 너무 멋졌어요. 어쩜 그리 예쁘시냐고 했더니, 남편분도 매일 당신보고 어쩜 그리 예쁘냐고 말씀하신다는 거예요.(폭소) 민망하실까 봐 "아니, 비결이 뭐예요?" 여쭈니 또 이런 얘길 하세요. "밥 먹다 기분이 이상해서 고갤 들면 남편이 날 빤히 보고 있는 거야. 내가 물어. '왜 그래?' 그럼 남편이 그러지. '아니, 어쩜 그렇게 예뻐?'"
뻔뻔한 표정에 제가 그만 웃음이 터졌어요. 근데 계속 말씀하세요.
"자식도 잘해주지만 우리 집에선 남편이 최고야. 내가 최고로 대해주니까 그이도 나한테 최고로 잘해줬

지… 근데 사실은 있잖어. 그런 거 안 할 때도 예뻐했어. 그런 거 안 해도 남편은 원래 그런 사람이었던 것 같어."
30분 동안 정말 많은 대화가 오갔어요. 돌아오는데 기분이 이상했어요. 버스에서 혼자 생각했죠. 당근이 물건을 주고받는 곳이기도 하지만 사람을 만나는 자리구나. 옷 말고 다른 무언가를 받아 온 것 같은 기분이 들었어요.

너무 감사하다. 그런 분들께는 후한 후기로 보답하시나요?
꼭 그러려고 해요. 근데 한번은 부채감 때문에 평점을 후하게 남긴 적도 있어요.

부채감요?
한참 천연발효빵을 만들 때인데요. 제철 과일 등을 발효시키고 건강한 우리 밀 빵 만드는 데 꽂혀서 오븐이 필요했어요. 근데 어느 판매자가 50만 원짜리를 13만 원에 내놓은 거예요. 바로 거래 잡고 한 시간을 달려갔어요.
채팅할 땐 분명히 젊은 청년인 것 같았는데 웬 아주머니가 나오셨어요. 오븐 상태가 좋아서 바로 송금하고 가려는데 잠깐 기다리래요. 그러더니 온갖 제빵기구, 빵틀 같은 걸 잔뜩 싸주시는 거예요. 합치면 이삼십만 원어치는 될 물건들이었어요. 알고 보니 아주머니 아들이 들여놓은 거래요. 근데 빵 만드는 꼴이 너무 보기 싫다며 내놓으신 거더라고요….
본 적도 없는 그분 아드님 얼굴이 자꾸 아른거렸어요. 나도 제빵을 사랑하는 입장인데 그 아드님이 얼마나 속으로 애탈까… 그냥 안 사겠다고 할까… 오지랖인가…. 집에 돌아오는 길에 운전대가 무거웠네요. 부채감 때문에 거래 후기에 다 최고점을 드렸어요. 얹어주셔서 감사하다고 코멘트까지 남겼고요…. 가만, 그럼 어머님이 다른 물건도 당근에 내놓으셨으려나? 아무튼, 그 아드님은 이제 제빵 관두셨는지 궁금하네요.

너무 재밌어요. 근데 아시죠. 그렇게 누가 기를 쓰고 반대하면 독기 생겨서 더 열심히 하는 거. 그 아드님 지금쯤 베이커리 차리셨을 수도 있어요. 혹시 기억에 남는 다른 거래도 있나요?
하루는 5천 원짜리 블라우스를 사러 갔어요. 차로 30분 걸리는 거리였거든요. 가다 보니 그런 생각이 드는 거예요. 시간도 그렇고, 기름값은 돈이 아닌가. 좀 아까운 것 같기도 하고…. 그치만 이미 약속했으니 거래 장소로 나갔죠.
그런데 판매자 아주머니가 한 손에 쇼핑백을, 다른 손에는 얼음물을 담아 오신 거예요. 겨우 5천 원짜리 물건 하나 파시면서요. 그때 알았죠. 5천 원 벌려고 나오신 것만은 아니라고요. 블라우스도 깨끗이 다려서 가져오신 거 있죠. 아끼던 물건 주고받는 마음을 새삼 다시 떠올려봤어요.

이런 이야기 들으면 제가 당근마켓을 만든 것도 아닌데 괜히 으쓱해지는 게 있어요. 저는 어쩌다 이 커뮤니티를 내 것처럼 여기게 됐을까요? 복희 님도 그러시죠?
음… 그러시구나… 저는 그렇지는 않아요….(웃음)

네… 아하하. 커뮤니티 이야기하니까 생각나는데요. 공동체여서 더 조심하던 때도 있었어요. 코로나가 유행할 때 서로 마주치지 않으려던 시절도 있었잖아요.
맞아요. 그때 문고리 거래가 늘었죠.

문고리 거래가 뭔가요?
집에 아기가 있는 경우나(잠들었다가 깰 수 있어서)

노인이 있는 경우(감염으로 위험할 수 있어서) 서로 조심하려 했어요. 공동현관 비밀번호를 알려주거나 사람이 집 안에 있는 시간을 알려주면 문고리에 걸고 갔죠.

편리하긴 했겠어요.

맞아요. 한참 편의점 통해 반값택배도 많이 활용했고요. 만나는 게 어쨌거나 힘이 드니까 만나지 않고 거래할 방법을 찾게 되었나 봐요. 약속 잡고 일정 기다리다 보면 깜빡할 때도 있고. 주차도 번거롭고. 또 저처럼 부끄러움 많은 사람은… 직거래 힘들어요.(웃음) 처음 만나는 사람에 대한 어려움도 있고.

정말 그렇죠. 사람 맞는 건 반갑고 또 에너지가 드는 일이에요.

거래했던 가장 뜻밖의 제품은 무엇이었어요?

예전에 파주에 이사 갔을 때, 작은 마당이 생겼어요. 그토록 원했던 항아리를 드디어 가질 수 있게 된 거죠. 오디랑 아로니아 엑기스 같은 걸 담고 싶었는데요. 세상에, 당근마켓에 항아리를 검색했더니 얼마나 많은 항아리가 나왔는지 몰라요.

판매자들의 친정엄마나 시어머니가 쓰던 게 대부분

이더라고요. 돌아가신 어머니 물건을 정리하는 사람도 꽤 있고. 오래전부터 써온 것이라 생활감도 있지만 유광 처리를 하지 않은 전통 항아리가 많았어요. 뭘 골라야 할지 모를 정도로요.
키워드에 '항아리'를 등록하고 한두 개씩 사 모으다 보니 나중엔 열 개나 되는 거예요. 쓰지 않는 빈 항아리가 많아져서 키워드 알림을 해제했어요.

항아리까지 파는 줄 몰랐어요. 관리가 어렵잖아요.
어렵죠. 마지막으로 산 항아리는 아무리 씻어도 짠 냄새가 나는 거예요. 알고 보니 조선간장을 오래 담갔던 항아리더라고요. 항아리가 숨을 쉬잖아요. 숨 쉬면서 조선간장을 몸으로 흡수한 거죠. 냄새를 없애려고 열흘 정도 물을 채우고 숯도 넣어두었어요. 처음에 맑았던 물이 검게 되더라고요. 보름 정도를 그렇게 두니 냄새가 차차 빠졌어요. 숯이 간장을 천천히 뺀 거예요. 신기하죠? 지금은 소금 단지로 쓰고 있어요.

항아리가 숨 쉰다는 얘기는 들어봤어도 그걸 이렇게나 구체적으로 겪은 이야기는 처음 들어봐요. 물건도 음식을 머금는다는 사실이 조금 좋아요. 한편 지

금도 저희가 모르는 물건을 사람들이 거래하고 있을 거라 생각하면 기분이 이상해요. 내가 아는 세계가 너무 작구나 싶고요.
그쵸. 피드에 별의별 물건이 다 올라와요. 돌도 올라오고, 효자손도 올라오고, 자동차도 올라와요.

판매자로서의 복희 님도 궁금해요. 파실 땐 어떤가요?
가격을 조금 더 싸게 내놓아요. 여러 사람이 탐내거나 희소한 물건이면 조금만 덜 싸게 내놓고요.(웃음) 가능하면 깎아달라는 대로 깎아주는 편이에요. 착해서 값을 착하게 내놓는 건 아니고… 빨리 파는 게 시간과 비용을 아낀다고 생각해서예요. 첫 구매자를 놓치면 시간이 오래 걸릴 때가 있더라고요. 대신 아쉬움을 숨기지 않으면서 답장하죠. "이미 싸게 내놓기는 했는데요. 음… 네! 알겠습니다… 그렇게 해드릴게요! 거래는 어떻게 할까요?" 얼굴을 안 보고 있지만 채팅 중에도 표정을 보여주고 싶어서요. 그럼 조금 더 만나는 것 같잖아요. 거래가 성사되면 실밥도 정리하고 다림질도 하고 흠집도 다듬어서 보내요. 포장도 최대한 정성스럽게 하고. 저도 그런 물건을 받을 때 좋았어서요. 직거래할 땐 최대한 단정하게 입고 가요. 세수하고 머리도 멀끔하게 하고 가능하면 깨끗한 옷 입고. 괜히 향수도 뿌리고요. 왠지 그래야 할 것 같아서… 신뢰를 주고 싶고… 반품당하고 싶지 않고….
저희 집 가구를 가지러 오시는 경우엔 집 정리를 싹 해놓아요. 좋은 데서 좋은 물건 샀다는 인상을 주고 싶더라고요.

인상적이에요. 상 받으실 만한데요. 올해의 당근인으로 뽑힌 소감은 어때요?
이사 다닐 때마다 커튼, 러그, 블라인드, 이런 소소한 물건들 사고 식구들 옷가지도 사다 보니 이런 일도 있네요. 당근 앱을 켰는데, 핸드폰에서 갑자기 팡파르 터지던 게 기분 좋았어요. 영화 시작할 때 휘황찬란한 오프닝처럼 화려하고 공식적이고 커다란 축하 같았어요. 뽑혀놓고도 어리둥절했어요. 내가 뭘 잘했지? 소비를 많이 한 게 잘한 일인가? 스스로 물으며 기분이 묘해지기도 했어요. 그치만 버려질 뻔한 물건과 필요를 맞바꾸며 서로 구제해주는 장이잖아요. 그런 공동체에서 상을 받아 좋아요.
올해의 당근인이라고 해서 열 명쯤 뽑는 줄 알았는데, 저 말고도 많이 뽑은 것 같더라고요.(웃음) 애들

한테도 자랑했는데 나중에 좀 민망하기도 하고.

물건을 많이 사고판 것보다, 어떻게 사고팔았는가에 대한 상일 수도 있겠어요. 어쨌든 축하드려요. 장기간 당근마켓 이용자로서의 태도 변화 같은 것도 있었는지 궁금해요.

시간이랑 이동까지가 구매에 드는 비용이라 생각해서 예전보다 더 신중해지는 것 같아요. 집이 작아지면서 당장 필요한 것만 사려 하고요. 인터넷에서 검색해 가격 비교하고 하루 이틀 정도 더 고민하고 보면 안 사길 잘했다고 느끼는 물건들도 생기더라고요. 그래서 전체적인 거래량은 예전보다 줄었어요.

마지막으로 하시고 싶은 말씀은요?

마지막이라고 하니까 생각난 건데요. 어느 날 갑자기 아주 멀리 떠나야 한다면요. 저는 트렁크 하나에 다 들어갈 수 있을 만큼만 짐이 있었으면 좋겠어요. 속옷, 가디건, 치마, 반바지, 셔츠 하나씩만 있으면 되지 않나 싶어요. 집을 차지하고 있는 물건을 주기적으로 비우려고 하는 것도 그래서예요. 마음이 허할 때마다 구매로 푼 건 아닐까 하는 생각도 들고…. 요즘은 물욕이 생기면, 스스로에게 말해줘요. '지금 있는 것만으로 충분해, 이거면 됐어' 하고 마음의 방향을 틀어요. 그럴 때 좋아요. 현재에 대해서도 조금 더 확신하게 되고요. 생활이 더 단단해지는 것 같아 좋아요.

당신의 온도

1

솔드 아웃

만나지 못하니까 잃어버리는 사건도 있다

2

입어본 적 없는 그 옷을 제이는 3년 동안 찾았다
잃어버린 유년의 행방을 쫓듯

잘 모르겠는 종류의 욕심

그 옷을 입는다면 나는 달라질 거야

사람이건 사물이건 찾는 쪽이 더 약하다

3

당신을 만나고 싶었어요

저도 누군가 절 찾아주길 바랐어요

(일어난 적 없는 대화)

4

마침내

제이는 그 재킷을 찾았다

그가 제이를 찾아온 것이다

(이건 재킷의 이야기도 들어봐야 한다)

재킷은
재작년에는 영은이었다가
작년에 명희였다가
미자였다가
혜지였다

올해는 아무도 아니다

유효기간이 지난 지도에서 우리는 닉네임과
몇 자리 숫자

옷이 죽으면 간다는 재활용 센터에 갈 뻔했다
떨어져 나가
다른 살과 접붙는 악몽

폐수거장에서 꾼 마지막 꿈

실은 다른 실로
주머니는 다른 주머니로
단추는 다른 단추로
대체될 준비를 하는 영은과 명희와 미자, 혜지

차라리 당신께 가겠어요 나를 데려가요

5
악몽을 미루기 위해
좌표를 만드는 농부들

부지런히 당근을 심는다

그 밭에는
사람들이 두고 간 시간이 자란다

6

거래가 끝나고 첫 만남

당신은 몇 살짜리 재킷이신가요?

거기 있는 체온

누군가 스쳐 갔다는 증거

당신의 당근 온도는 몇 도인가요?

나를 만든 세계, 내가 만든 세계
'아무튼'은 나에게 기쁨이자 즐거움이 되는,
생각만 해도 좋은 한 가지를 담은 에세이 시리즈입니다.
위고, **제철소**, **코난북스**, 세 출판사가 함께 펴냅니다.

아무튼, 당근마켓

초판 1쇄 2023년 9월 15일
초판 2쇄 2023년 11월 20일

지은이 이훤
편집 조형희 이재현 조소정
디자인 일구공 스튜디오
제작 세걸음

펴낸곳 위고
등록 2012년 10월 29일 제406-2012-000115호
주소 경기도 파주시 돌곶이길 180-38 1층
전화 031-946-9276
팩스 031-946-9277

hugo@hugobooks.co.kr
hugobooks.co.kr

ISBN 979-11-93044-06-3 02810